大雨如注

畢飛宇

目次

大雨如注

1

丫頭不像她的母親，也不像她的父親，她怎麼就那麼好看呢！大院裡粗俗一點的玩笑是這麼開的：「大姚，不是你的種啊。」大姚並不生氣，粗俗的背後是讚美，大姚哪裡能聽不出來？他的回答很平靜：「轉基因了嘛。」

大姚是一位管道工，因為是師範大學的管道工，他在措辭的時候就難免有些講究。大姚很在意說話——教授他見得多了，管道工他見得更多，這年頭一個管道工和一個教授能有什麼區別呢？似乎也沒有。但區別一定是有的，在嘴巴上。不同的嘴說不同的話，不同的手必然拿不同的錢。舌頭是軟玩意兒，卻是硬實力。

大姚和他的父親一樣，是一個有腦子的人。做為父親，他希望別人誇他的女兒漂亮，可也不希望別人僅僅停留在「漂亮」上。大姚說：「一般般。主要還是氣質好。」大姚的低調其實張狂。他卯足了力氣把別人的讚美往更高的層面上引。所以說，兩種人的話不能聽：做母親的誇兒子；做父親的誇女兒。都是臉面上淡定、骨子裡極不冷靜的貨。大姚誇自己的女兒「氣質好」倒也沒有過，姚子涵四歲那一年就被母親韓月嬌帶出去上「班」了。第一個班就是舞蹈班，是民族舞。舞蹈這東西可奇怪了，它會長在一個孩子的骨頭縫裡，能把人「撐」起來。什麼叫「撐」起來呢？這個也說不好，可你只要看一眼就知道了，姚子涵的腰部、背部和脖子有一條隱性的中軸，任何時候都立在那兒。

姚子涵的身上還有許多看不見的東西——她下過四年圍棋，有段位。寫一手明媚的歐體。素描造型準確。會剪紙。「奧數」競賽得過市級二等獎。擅長演講與主持。能編程。古箏獨奏上過省臺的春晚。英語還特別棒，美國腔。姚子涵念「water」的時候從來不說「喔特」，而是蛙音十足的「瓦特兒」。姚子涵這樣的複合型人才哪裡還是「琴棋書畫」能夠概括得了的呢？最能體現姚子涵實力的還要數學業：她的成績始終穩定在班級前三、年級前十。這是駭人聽聞的。附屬中學初中部二年級的同學早就不把姚子涵當人看了，他們不嫉妒，相反，他們懷揣著敬仰，一律把姚子涵同學叫做「畫皮」。可「畫皮」決不2B，站有站相，坐有坐姿，亭亭玉立，是文藝青年的範兒。教導主任什麼樣的孩子沒見過？不要說「畫皮」，「人妖」和「魔獸」他都見過。但是，公正地說，無論是「人妖」還是「魔獸」，發展得都不如「畫皮」這般全面與均衡。教導主任在圖書館的拐角處攔住「畫皮」，神態像「畫皮」的粉，問：「你哪裡有那麼多時間和精力呢？」偶像就是偶像，回答得很平常：「女人嘛，就應該對自己狠一點。」

姚子涵對自己非常狠，從懂事的那一天起，幾乎沒有浪費過一天的光陰。和所有的孩子一樣，這個狠一開始也是給父母逼出來的。可是，話要分兩頭說，這年頭哪有不狠的父母？都狠，隨便拉出來一個都可以勝任副處以上的典獄長。結果呢？絕大部分孩子不行，逼急了能衝著家長抄傢伙。姚子涵卻不一樣，她的耐受力就像被魯迅的鐵掌擠乾了的那塊海綿，再一擠，還能出水。大姚在家長會上曾這樣控訴說：「我們也經常提醒姚子涵注意休息，她不肯啊！」——這還有什麼可說的。

2

米歇爾很守時。上午十點半，她準時出現在大姚家的客廳裡。大姚和米歇爾的相識很有趣，他們是在圖書館的女衛生間裡認識的。大姚正在女衛生間裡換水龍頭，米歇爾叼著香菸，一頭闖了進來，還沒來得及點火，突然發現女衛生間裡站著一個大個子的男人。米歇爾嚇了一大跳，慌忙說了一聲「堆（對）不起」，退出去了。只過了幾秒鐘，米歇爾晃悠悠地折回來了。她用左肩倚住門框，右手夾著香菸，扛到肩膀上去了，很挑釁地說：「甩（帥）哥，想吃豆腐吧？」嗨，這個洋妞，連「吃豆腐」她都會說了。大姚說：「我不在衛生間吃東西，也不在衛生間抽菸。」大姚說話的同時指了指身上的天藍色工作服，附帶著用扳手敲了一通水管，誤會就這麼消除了。米歇爾有些不好意思，她把香菸捲在掌心，說：「本宮錯了。」大姚笑笑，看出來了，是個美國妞，很健康，特自信，二十出頭的樣子，是個長不大的、愛顯擺的活寶。大姚說：「知錯能改，還是好同志。」

人和人就是這樣的，一旦認識了，就會不停地見面。大姚和米歇爾在「衛生間事件」之後起碼見過四五次，每一次米歇爾都興高采烈，大聲地把大姚叫做「甩（帥）哥」，大姚則豎起大拇指，回答她「好同志」。

暑假之前大姚在一家煎餅鋪子的旁邊又和米歇爾遇上了。大姚握住手閘，一隻腳撐在地上，把她擋住，直截了當，問她暑假裡頭有什麼打算。米歇爾告訴大姚，她會一直留在南京，去昆劇院做義工。大姚對昆劇沒興趣，說：「我想和你談筆生意。」米歇爾吊起眉梢，把大拇指、中指和食指撮在一起，捻了幾下——「你是說，沈（生）意？」

大姚說：「是啊，生意。」

米歇爾說：「我沒做過沈（生）意了。」

大姚想笑，外國人就這樣，說什麼都喜歡加個「了」。大姚沒有笑，說：「很簡單的生意。我想請你陪一個人說話。」

米歇爾不明白，不過馬上就明白了——有人想練習英語口語，想來是這麼回事。

「和誰？」米歇爾問。

「一位公主。」大姚說。

美國佬真夠嗆，他們從來都不能把問題存放在腦袋裡，慢慢盤，細細算，非得堆在臉上。經過嘴角和眉梢的一番運算，米歇爾知道「公主」是什麼意思了。她刻意用生硬的「鬼子漢語」告訴大姚：「我的明白，皇上！」

不過，米歇爾即刻把她的雙臂抱在乳房的下面，盯著大姚，下巴慢慢地挪到目光相反的方向。她刻意做出風塵氣，調皮著，「我很貴了，你的明白？」

大姚哪能不知道價格，他壓了壓價碼，說：「一小時八十。」

米歇爾說：「一百二。」

「一百。」大姚意味深長地說，「人民幣很值錢的——成交？」

米歇爾當然知道了，這年頭人民幣很值錢的了，一小時一百了，說說話了，很好的價格了，米歇爾滿臉都是牙花：「為什麼不呢？」

客廳裡的米歇爾依舊是一副快樂的樣子，有些興奮，不停地搓手，她的動態使她看上去相當「大」，客廳一下子就小了。大姚十分正式地讓她和公主見了面。公主在小學畢業的那個暑假接受過很好的禮儀訓練，她的舉止相當好，得體，高貴，只是面無表情，彷彿被米歇爾「擠」了一下。大姚注意到了，女兒的臉上歷來沒有表情，她的臉和內心沒關係，永遠是那種「還行」的樣子。高貴而又肅穆的公主把米歇爾請進了自己的閨房，大姚替她們掩上門，卻留了一道門縫。他想聽。聽不懂才更要聽。對一個做父親的來說，還有什麼比聽不懂女兒說話更有成就感的呢？大姚津津有味的，世界又大又奇妙。

大姚忙裡偷閒，對著老婆努努嘴，韓月嬌會意了。這個師範大學的花匠套上袖套，當即包起了餃子。昨天晚上這對夫婦就商量好了，他們要請美國姑娘「吃一頓」。大姚和他的老子一樣，精明，從來不做虧本的買賣。他的小算盤是這麼盤算的：他們請米歇爾做家教的時間是一個小時，可是，如果能把米歇爾留下來吃一頓餃子，女兒練習口語的時間實際上就成了兩小時。

大姚早就琢磨女兒的口語了。女兒的英語超級棒，大考和小考的成績在那兒呢，錯不了。可是，就在去年，吃午飯的時候，大姚無意之中瞥了一眼電視，是一檔中學生的英語競賽節目。看著看著，大姚恍然大悟了——姚子涵所謂的「英語好」，充其量也只是落實在「手上」，遠遠沒有抵達「舌頭」，換句話說，還不是「硬實力」。大姚和韓月嬌一起盯住了電視機。這一看不要緊，一看，大姚和韓月嬌都上癮了。做為資深的電視觀眾，大姚、韓月嬌和全國人民一樣，都喜歡一件事，這件事叫「ＰＫ」。這是一個「ＰＫ」的年頭，唱歌要「ＰＫ」，跳舞要「ＰＫ」，彈琴要「ＰＫ」，演講要「ＰＫ」，連相親都要「ＰＫ」，說英語當然也要「ＰＫ」。就在少兒英語終極「ＰＫ」的當天，大姚誕生了「好孩子」的新標準和新要求，簡單地說：一、能上電視；二、經得起「ＰＫ」。這句話還可以說得更加明朗一點：經歷過「ＰＫ」能「活到最後」的孩子才是真正的好孩子，倒下去的最多只能算個「烈士」。入夜之後大姚和韓月嬌開始了他們的策畫，他們是這樣分析的：由於他們的疏忽，姚子涵在小學階段並沒有選修口語班，如果以初中生的身分貿然參加競賽，「海選」能否通過都是一個問題。但是沒關係。只要姚子涵在初中階段開始強化，三年之後，或四年之後，做為一個高中生，姚子涵一樣可以在電視機裡醞釀悲情，她會答謝她的父母的。一想起姚子涵「答謝父母」這個動人的環節，韓月嬌的心突然碎了，淚水在眼眶裡頭直打圈——她和孩子多不容易啊，都不容易，實在是不容易。

幾乎就在米歇爾走出姚子涵房門的同時，韓月嬌的餃子已經端上飯桌了。韓月嬌從來沒有和國際友人打過交道，似乎有些不好意思。不好意思有時候反而就是莽撞，她對米歇爾說：「吃！餃子！」大姚注意到了，米歇爾望著熱氣騰騰的餃子，吃驚的程度一點也不亞於女廁所的那一次，臉都漲紅了。米歇爾張開她的長胳膊，說：「這怎麼好意思了！」聽到米歇爾這麼一說，大姚當即就成外交部的發言人了，中國人民的文化立場他必須闡述。大姚用近乎肅穆的口吻告訴米歇爾：「中國人向來都是好客的。」

「黨（當）然，」米歇爾說，「黨（當）然。」米歇爾似乎也肅穆了，她重申，「黨（當）然。」米歇爾卻為難了。她有約。她在猶豫。米歇爾最終沒能鬥得過餃子上空的熱氣，她掏出手機，對朋友說，她要和三個中國人開一個「小會」了，她要「晚一會兒才能到」了。嗨，這個美國妞，也會撒謊了，連撒謊的方式都帶上了地道的中國腔。

這頓餃子吃得卻不愉快。關鍵的一點在於，事態並沒有朝著大姚預定的方向發展。就在宴會正式開始之前，米歇爾發表了一大堆的客套話，當然，用的是漢語。大姚便看了女兒一眼，其實是使眼色了。姚子涵是冰雪聰明的，哪裡能不明白父親的意思。她立即用英語把米歇爾的話題接了過來。米歇爾卻衝著姚子涵嫵媚地笑了，她建議姚子涵「使用漢語」。她強調說，在「自己的家裡」使用外語對父母親來說是「不禮貌的」。當然，米歇爾也沒有忘記謙虛：「我也很想向你學習罕（漢）語了。」

這可是大姚始料未及的。米歇爾陪姚子涵說英語，大姚付了錢的。現在倒好，姚子涵陪米歇爾說漢語，不只是免費，還要貼出去一頓餃子。這是什麼事？

韓月嬌迅速地瞥了丈夫一眼。大姚看見了。這一眼自然有它的內容。責備倒也說不上，但是，失望不可避免——大姚算計到自己的頭上來了。

米歇爾一離開，大姚就發飆了。他想罵娘，可是，在女兒的面前，大姚也罵不出來，沉默寡言的女兒在任何時候都對大姚有威懾力。這讓他很憋屈。憋屈來憋屈去，大姚的痛苦被放大了。大姚畢竟在高等學府工作了十多年，早就學會從宏觀視角看待自己的痛苦了。大姚很沉痛，對姚子涵說：「弱國無外交——為什麼吃虧的總是我們？」

韓月嬌只能衝著剩餘的幾個餃子發楞。熱騰騰的氣流已經沒有了，餃子像屍體，很難看。姚子涵卻轉過身，搗鼓她的電腦和電視機去了。也就是兩三分鐘，電視屏幕上突然出現了姚子涵與米歇爾的對話場面，既可以快進，也可以快退，還可以重播——刻苦好學的姚子涵同學已經把她和米歇爾的會話全部錄了下來，任何時候都可以拿出來模仿和練習。

大姚盯著電視，開心了，是那種窮苦的人占了便宜之後才有的大喜悅。因為心裡頭的彎拐得過快、過猛，他的喜悅一樣被放大了，幾乎就是狂喜。大姚緊緊摟住女兒，沒輕沒重地說：「祖國感謝你啊！」

3

晚上七點是舞蹈班的課。姚子涵沒有讓母親陪同。她一個人騎著自行車，出發了。韓月嬌雖說是個花工，幾乎就是一個閒人，她唯一的興趣和工作就是陪女兒上「班」。姚子涵小的時候那是沒辦法，如今呢？韓月嬌早就習慣了，反過來成了她的需要。然而，暑假剛剛開始，姚子涵明確地用自己的表情告訴他們，她不允許他們再陪了。大姚和韓月嬌畢竟是做父母的，女兒的臉上再沒有表情，他們也能從女兒的臉上知道自己該做什麼。

涼風習習，姚子涵騎在自行車上，心中充滿了糾結。她不允許父母陪同其實是事出有因的，她在抱怨，她在生父母的氣。同樣是舞蹈，一樣地跳，母親當年為什麼就不給自己選擇國際標準舞呢？姚子涵領略「國標」的魅力還是不久前的事。「國標」多帥啊，每一個動作都咔咔咔的，有電。姚子涵只看了一眼就愛上了。她諮詢過自己的老師，現在改學「國標」還行不行？老師的回答很模糊，也不是不可以。但是，動作這東西就這樣，練到一定的火候就長在身上了，練得越苦，改起來越難。姚子涵在大鏡子面前嘗試著做過幾個「國標」的動作，不是那麼回事。過於柔美、過於抒情了，是小家碧玉的款。

還有古箏。他們當初怎麼就選擇古箏了呢？從什麼時候開始的呢？姚子涵開始痴迷於「帥」，她不再喜愛在視覺上「不帥」的事物。姚子涵參加過學校裡的一場音樂會，拿過錄像，一比較，她的獨奏寒磣了。古箏演奏的效果甚至都不如一把長笛。更不用說薩克斯管和鋼琴了。既不頹廢，又不牛掰。姚子涵感覺自己委瑣了，上不了臺面。

傍晚的風把姚子涵的短髮撩起來了，她眯起了眼睛。姚子涵不只是抱怨，不只是生氣，她恨了。他們的眼光是什麼眼光？他們的見識是什麼見識？——她姚子涵吃了多少苦啊。吃苦她不怕，只要值。姚子涵最鬱悶的地方還在這裡：她還不能丟，都學到這個地步了。姚子涵就覺得自己虧。虧大發了。她的人生要是能夠從頭再來多好啊，她自己做主，她自己設定。現在倒好，姚子涵的人生道路明明走岔了，還不能踩煞車，也不能鬆油門。飆吧。人生的淒涼莫過於此。姚子涵一下子就覺得老了，憑空給自己的眼角想像出一大堆的魚尾紋。說來說去還是一個字，錢。她的家過於貧賤了。要是家裡頭有錢，父母當初的選擇可能就不一樣了。就說鋼琴吧，他們買不起。就算買得起，鋼琴和姚子涵家的房子也不般配，連放在哪裡都是一個大問題。

但是，歸根結柢，錢的問題永遠是次要的，關鍵還是父母的眼光和見識。這麼一想姚子涵的自卑湧上來了。所有的人都能夠看到姚子涵的驕傲，骨子裡，姚子涵卻自卑。同學們都知道，姚子涵的家坐落在師範大學的「大院」裡頭，聽上去很好。可是，再往深處，姚子涵不再開口了——她的父母其實就是遠郊的農民。因為師範大學的拆遷、徵地和擴建，大姚夫婦搖身一變，由一對青年農民變成師範大學的雙職工了。為這事大姚的父親可沒少花銀子。

自卑就是這樣，它會讓一個人可憐自己。姚子涵，著名的「畫皮」，百科全書式的巨人，覺得自己可憐了。沒意思。特別沒意思。她吃盡了苦頭，只是為自己的錯誤人生夯實了一個錯誤的基礎。回不去的。

多虧了這個世上還有一個「愛妃」。「愛妃」和姚子涵在同一個舞蹈班，「妖怪」級的二十一中男生，挺爺們的。可是，舞蹈班的女生偏偏就叫他「愛妃」。「愛妃」也不介意，笑起來紅口白牙。

姚子涵和「愛妃」談得來倒也不是什麼特殊的原因，主要還是兩個人在處境上的相似。處境相似的人未必就能說出什麼相互安慰的話來，但是，只要一看到對方，自己就輕鬆一點了。「愛妃」告訴姚子涵，他最大的願望就是發明一種時空機器，在他的時空機器裡，所有的孩子都不是他們父母的，相反，孩子擁有了自主權，可以隨意選擇他們的爹媽。

下「班」的路上姚子涵和「愛妃」推著自行車，一起說了七八分鐘的話。就在十字路口，就在他們分手的地方，大姚和韓月嬌把姚子涵堵住了。他們兩人十分局促地擠在一輛電動自行車上，很怪異的樣子。姚子涵一見到他們就不高興了，又來了，說好了不要你們接送的。

姚子涵的不高興顯然來得太早了，此時此刻，不高興還輪不到她。她一點都沒有用心地看父親和母親的表情。實際的情況是這樣的，韓月嬌神情嚴峻，而大姚的表情差不多已經走樣了。

「你什麼意思？」大姚握緊煞車，劈頭蓋臉就是這樣一句。

「什麼什麼意思？」姚子涵說。

「你不讓我們接送是什麼意思？」大姚說。

「什麼我不讓你們接送是什麼意思？」姚子涵說。

這樣的車轂轆話毫無意思，大姚直指問題的核心——「誰允許你和他談的？」大姚還沒有來得及等待姚子涵的回答，即刻又追問了一句，「誰允許你和他談的？」

姚子涵並沒有聽懂父親的話，她望著父親。大姚很克制，但是，父親的克制極度脆弱，時刻都有崩潰的危險。

和課堂上一樣，姚子涵是不需要老師問到第三遍的時候才能夠理解的。姚子涵聽懂父親的話了，她扶著車頭，輕聲說：「對不起，請讓開。」

和大姚的雷霆萬鈞比較起來，姚子涵所擁有的力氣最多只有四兩。奇蹟就在這裡，四兩力氣活生生地把萬鈞的氣勢給撥開了。她像瓶子裡的純淨水一樣淡定，公主一般高貴，公主一般氣定神閒，高高在上。

女兒的傲慢與驕傲足以殺死一個父親。大姚叫囂道：「不許你再來！」這等於是胡話，他崩潰了。

姚子涵已經從電動自行車的旁邊安安靜靜地走過了。可她突然回過了頭來，這一次的回頭一點也不像一個公主了，相反，像個市井小潑婦。「我還不想來呢，」姚子涵說，她漂亮的臉蛋漲得通紅，她叫道，「有錢你們送我到『國標』班去！」

姚子涵的背影在路燈的底下消失了，大姚沒有追。他把他的電動自行車靠在了馬路邊上，人已經平靜下來了。可平靜下來的難過才真的難過。大姚望著自己的老婆，像一條出了水的魚，嘴巴張開了，閉上了，又張開了，又閉上了。女兒到底把話題扯到「錢」上去了，她終於把她心底的話說出來了，這是遲早的事。隨著丫頭年紀的增長，她越來越嫌這個家寒磣了，越來越瞧不起他們做父母的了，大姚不是看不出來。他有感覺，光上半年大姚就已經錯過了兩次家長會了。大姚沒敢問，他為此生氣，更為此自卑。自卑是一塊很特殊的生理組織，下面都是血管，一碰就血肉模糊。

大姚難受，卻更委屈。這委屈不只是這麼多年的付出，這委屈裡頭還蘊含著一個驚人的祕密：大姚不是有錢人，可大姚的家裡有錢。這句話有點饒舌了，大姚真的不是有錢人，可大姚的家裡真的有錢。

大姚的家怎麼會有錢的呢？這個話說起來遠了，一直可以追溯到姚子涵出生的那一年。這件事既普通又詭異——師範大學徵地了。師範大學一徵地，大姚都沒有來得及念一句「阿彌陀佛」，立地成佛了。大姚相信了，這是一個詭異的時代，這更是一片詭異的土地。

這得感謝大姚的父親，老姚。這個精明的老農民早在兒子還沒有結婚的時候就發現了：城市是新婚之夜的小雞雞，它大了，還會越來越大，遲早會戳到他們家的家門口。他們家的宅基地是寶，不是師範大學徵，就是理工大學徵；不是高等學府徵，就是地產老闆徵。一句話，得徵。其實，知道這個祕密的又何止老姚一個人呢？都知道。問題是，人在看到「錢景」的時候時常失去耐心，好動，喜歡往錢上撲，一撲，你就失去位置了。他告訴自己的兒子，哪裡都不能去，掙來的錢都是小錢，等來的才是大傢伙，靠流汗去掙錢，是天下最愚蠢的辦法——有幾個有錢人是流汗的？你就坐在那裡，等。他堅決摁住了兒子進城買房的愚蠢衝動，絕不允許兒子把戶口遷到城裡去。他要求自己的兒子就待在遠郊的姚家莊，然後，一點一點地蓋房子。再然後呢，死等，死守。「我就不信了，」老農民說，「有錢人的錢都是自己掙來的？」

大姚的父親押對了，賭贏了。他的宅基地為他贏錢了。那可不是一般的錢，是像模像樣的一大筆錢，很嚇人。贏了錢的老爺子並沒有失去冷靜，他把巨額財產全部交給了兒子，然後，說了三條：一、人活一輩子都是假的，全為了孩子，我這個做父親的讓你有了錢，我交代了。二、別露富。你也不是生意人，有錢的日子要當沒錢的日子過。三、你們也是父母，你們也要讓你們的孩子有錢，可他們那一代靠等是不行的，你們得把肚子裡的孩子送到美國去。

大姚不是有錢人，但是，大姚家有錢了。像做了一個夢，像變了一個戲法。大姚時常做數錢的夢，一數，自己把自己就嚇醒了。每一次醒來大姚都挺高興，也累，回頭一想，卻更像做了一個噩夢。

——現在倒好，這個死丫頭，你還嫌這個家寒磣了，還嫌窮了。你懂什麼喲？你知道生活裡頭有哪些彎彎繞？說不得的。

韓月嬌也挺傷心，她在猶豫：「要不，今晚就告訴她，咱們可不是窮人家。」

「不行，」大姚說，在這個問題上大姚很果斷，「絕對不行。貧寒人家出俊才，紈袴子弟靠不住。我還不了解她？一告訴她她就洩了氣。她要是不努力，屁都不是。」

可大姚還是越想越氣，越氣越委屈。他對著杳無蹤影的女兒喊了一聲：「我有錢！你老子有錢哪！」

終於喊出來了，可舒服了，可過了癮了。

一個過路的小夥子笑笑，歪著頭說：「我可全聽見了哈。」

4

哎，這個米歇爾也真是，就一個小時的英語對話，非得弄到足球場上去。這麼大熱的天，也不怕曬。丫頭平日裡最怕曬太陽了，可她拉著一張臉，執意要和米歇爾到足球場上去。還是氣不順，執意和父母親過不去的意思。行，想去你就去。反正家裡的氣氛也不好，死氣沉沉的。只要你用功，到哪裡還不是學習呢？

豔陽當頭，除了米歇爾和姚子涵，足球場空無一人。雖說離家並不遠，姚子涵卻從來不到這種地方來的。姚子涵被足球場的空曠嚇住了，其實是被足球場的巨大嚇住了，也可以說，是被足球場的鮮豔嚇住了。草皮一片碧綠，碧綠的四周則是醬紅色的跑道，而醬紅色的跑道又被白色的分界線割開了，呼啦一下就到了那頭。最為繽紛的則要數看臺，一個區域一個色彩。壯觀了，斑斕了。恢宏啊。姚子涵打量著四周，有些暈，想必足球場上的溫度太高了。米歇爾告訴姚子涵，她在密歇根是一個「很好的」足球運動員，上過報紙呢。她喜歡足球，她喜歡這項「女孩子」的運動。姚子涵不解了，足球怎麼能是「女孩子」的運動呢？米歇爾解釋說，當然是。男人們只喜歡「橄欖球」，她一點都不喜歡，它「太野蠻」了。

她們在對話，或者說，上課，一點都沒有意識到陽光已經柔和下來了。等她們感覺到涼爽的時候，烏雲一團一團地，正往上拱——來不及了，實在來不及了，大暴雨說來就來，用的是爭金奪銀的速度。姚子涵一個激靈，捂住了腦袋，卻看見米歇爾敞開懷抱，仰起頭，對著天空張開了一張大嘴。天哪，那可是一張實至名歸的大嘴啊，又嚇人又妖媚。雨點砸在她的臉上，反彈起來了，活蹦亂跳。米歇爾瘋了，大聲喊道：「愛——情——來——了！」話音未落，她已經全濕了，兩隻嚇人的大乳房翹得老高。

「愛情來了」，這句話匪夷所思了。姚子涵還沒有來得及問，米歇爾一把抓住她，開始瘋跑了。暴雨如注，都起煙了。姚子涵只跑了七八步，身體內部某一處神祕的部分活躍起來了，她的精神頭出來了。如果不是身臨其境，姚子涵這輩子也體會不到暴雨的酣暢與迷人。這是一種奇特的身體接觸，彷彿公開之前的一個祕密，誘人而又揪心。

雨太大了，幾分鐘之後草皮上就有積水了。米歇爾撒開手，突然朝球門跑去，在她返回的時候，她做出了進球之後的慶祝動作。她的表情狂放至極，結束動作是草地上的一個劇烈的跪滑。這個動作太猛了，差一點就撞到了姚子涵的身上。在她的身體靜止之後，兩隻碩大的乳房還掙扎了一下。「——進啦！」她說，「——進球啦！」米歇爾上氣不接下氣了，大聲喊道：「你為什麼不慶祝？」

當然要慶祝。姚子涵跪了下去，水花四濺。她一把抱住了米歇爾，兩個隊友心花怒放了。激情四溢，就如同她們剛剛贏得了世界杯。這太奇妙了！這太牛掰了！所有的一切都是無中生有的，栩栩如真。

雨越下越猛，姚子涵的情緒點剎那間就爆發了，特別想喊點什麼。興許是米歐爾教了她太多的「特殊用語」，姚子涵甚至都沒有來得及過腦子，脫口就喊了一聲髒話：「你他媽真是一個蕩婦！」

米歐爾早就被淋透了，滿臉都是水，每一根頭髮上都綴滿了流動的水珠子。雖然隔著密密麻麻的雨，姚子涵還是看見米歐爾的嘴角在亂髮的背後緩緩分向了兩邊。有點歪。她笑了。

「我是。」她說。

雨水在姚子涵的臉上疾速地下滑。她已經被自己嚇住了。如果是漢語，打死她她也說不出那樣的話。外語就是奇怪，說了也就說了。然而，姚子涵內心的「翻譯」卻讓她不安了，她都說了些什麼喲！或許是為了尋找平衡，姚子涵握緊了兩隻拳頭，仰起臉，對著天空喊道：

「我他媽也是一個蕩婦！」

兩個人笑了，都笑得停不下來了。暴雨嘩嘩的，兩個小女人也笑得嘩嘩的，差一點都缺了氧。雨卻停了。和它來的時候毫無預兆一樣，停的時候也毫無預兆。姚子涵多麼希望這一場大雨就這麼下下去啊，一直下下去。然而，它停了，沒了，把姚子涵光禿禿、濕淋淋地丟在了足球場上。球場被清洗過了，所有的顏色都呈現出它們的本來面貌，綠就翠綠，紅就血紅，白就雪白，像觸目驚心的假。

5

姚子涵是在練習古箏的時候意外暈倒的。因為摔在了古箏上，那一下挺嚇人的，咣的一聲，壓斷了好幾根琴弦。她怎麼就暈倒了呢？也就是感冒了而已，感冒藥都吃了兩天了。韓月嬌最為後悔的就是不該讓孩子發著這麼高的燒出門。可是話又說回來，這孩子一直都是這樣，也不是頭一回了。一般的頭疼腦熱她哪裡肯休息？她一節課都不願意耽誤。「別人都進步啦！」這是姚子涵最喜歡掛在嘴邊的一句話，通常是跺著腳說。韓月嬌最心疼這個孩子的就在這個地方，當然，最為這個孩子自豪和驕傲的也在這個地方。

大姚和韓月嬌趕來的時候姚子涵已經處於半昏迷狀態，她吐過了，胸前全是腐爛的晚飯。大姚從來沒見過自己的心肝寶貝這樣，大叫了一聲，哭了。韓月嬌倒是沒有慌張，她有板有眼地把孩子擦乾淨。知女莫如娘，這孩子她知道的，愛體面，不能讓她知道自己吐得一身髒，她要是知道了，少不了三四天不和你說話。

可看起來又不是感冒。姚子涵從小就多病，醫院裡的那一套程式韓月嬌早就熟悉了，血象多少，溫度多少，吃什麼藥，打什麼樣的吊瓶，韓月嬌有數。這一次一點都不一樣，護士們什麼都不肯說。從檢查的手段上來看，也不是查血象的樣子。那根針長得嚇人了，差不多有十公分那麼長。大姚和韓月嬌隔著玻璃看見護士把姚子涵的身體翻了過去，拉開裙子，裸露出了姚子涵的後腰。護士捏著那根長針，對準姚子涵腰椎的中間部位穿了進去。流出來的卻不是血，像水，幾乎就是水，三四毫升的樣子。大姚和韓月嬌又心急又心疼，他們從一連串的陌生檢查當中能感受到事態的嚴重程度。兩個小時之後，事態的嚴重性被儀器證實了。腦脊液檢查顯示，姚子涵腦脊液的蛋白數量達到了八百九，遠遠超出四百五的正常範圍；而細胞數則達到了驚人的五百六，是正常數目的五十六倍。醫生把這組資料的臨床含義告訴了大姚：「腦實質發炎了。腦炎。」大姚不知道「腦實質」是什麼，但「腦炎」他知道，一屁股坐在了醫院的水磨石地面上。

6

姚子涵從昏迷當中甦醒過來已經是一個星期之後了。對大姚和韓月嬌而言，這個星期生不如死。他們守護在姚子涵的身邊，無話，只能在絕望的時候不停地對視。他們的對視是鬼祟的、驚悚的，夾雜著無助和難以言說的痛楚。他們的每一次對視都很短促。他們想打量，又不敢打量，對方眼睛裡的痛真讓人痛不欲生。他們就這麼看著對方的眼窩子陷進去了，黑洞洞的。他們在平日裡幾乎就不擁抱，但是，他們在醫院裡經常抱著。那其實也不能叫抱，就是借對方的身體撐一撐、靠一靠。不抱著誰都撐不住的。他們的心裡頭有希望，但是，隨著時間一點一點推移，他們的希望也在一點一點降低。他們別無所求，最大的奢求就是孩子能夠睜開眼睛，說句話。只要孩子能叫出來一聲，他們可以死，就算孩子出院之後被送到孤兒院去他們也捨得。

米歇爾倒是敬業，她在大姚家的家門口給大姚來過一次電話。一聽到米歇爾的聲音大姚的氣就不打一處來了。要不是她執意去足球場，丫頭哪裡來的這一場飛來橫禍？可把責任全部推到她的身上，理由也不充分。大姚畢竟是師範大學的管道工，他得體地極其禮貌地對著手機說：「請你不要再打電話來了。」他掐斷了電話，想了想，附帶著把米歇爾的手機號碼徹底刪除了。

人的痛苦永遠換不來希望，但蒼天終究還是有眼的。第八天的上午，準確地說，凌晨，姚子涵終於睜開她的雙眼了。最先看到孩子睜開眼睛的是韓月嬌，她嚇了一跳，頭皮都麻了。但她沒聲張，沒敢高興，只是全神貫注地盯著孩子，看，看她的表情，看她的眼神。蒼天哪，老天爺啊，孩子的臉上浮現出微笑了，她在對著韓月嬌微笑，她的眼神是清澈的，活動的，和韓月嬌是有交流的。

姚子涵望著她的母親，兩片嘴唇無力地動了一下，喊了「媽」。韓月嬌沒有聽見，但是，她從嘴巴上看得出，孩子喊媽媽了，喊了，千真萬確。韓月嬌的應答幾乎就像吐血。她不停地應答，她要抓住。大姚有預感的，已經跟了上來。姚子涵清澈的目光從母親的臉龐緩緩地挪到父親的臉上去了，她在微笑，只是有些疲憊。這一次她終於說出聲音來了。

「Dad.」（爸。）

「什麼？」大姚問。

「Where is this place?」（這是在哪兒？）姚子涵說。

大姚楞了一下，臉靠上去了，問：「你說什麼？」

「Please tell me, what happened? Why am I not at home? God, why do you guys look so thin? Have you been doing very tough work? Mom, if you don't mind, please tell me if you guys are sick?」（請告訴我，發生什麼了？我為什麼沒在家裡？上帝啊，你們為什麼都這麼瘦？很辛苦嗎？媽媽，請你告訴我——如果你不介意的話——你們生病了嗎？）

大姚死死地盯住女兒，她很正常，除了有些疲憊——女兒這是什麼意思呢？她怎麼就不能說中國話呢？大姚說：「丫頭，你好好說話。」

「Thank you, boss, thank you very much to give me this good job and with decent payment, otherwise how can I afford to buy a piano? I still feel it's too expensive. But I like.」（謝謝你，老闆，感謝你給我這份體面的工作，當然，還有體面的薪水，

要不然我怎麼可能買得起鋼琴？我還是要說，它太貴了，雖然我很喜歡。）

「丫頭，我是爸爸。你好好說話。」大姚的目光開叉了，他扛不住了，尖聲喊，「醫生！」

「Thank you very much for all the respectable judges. I am happy to be here. —May I have a glass of water? Looks like my expression isn't clear, if you like, I would like to repeat what I've said, Okay—may I have a glass of water? Water. God.」（感謝所有的評委，非常感謝。我很高興來到這裡——可以給我一杯水嗎？看起來我的表達不是很清楚，那我只好把我的話再重複一遍了——可以給我一杯水嗎？水。上帝啊。）

大姚伸出手，捂住了女兒的嘴巴。雖說聽不懂，可他實在不敢再聽了。大姚害怕極了，簡直就是驚悚。過道裡傳來了急促的腳步聲，大姚呼嚕一下就把上衣脫了。他認準了女兒需要急救，需要輸血。他願意切開自己的每一根血管，直至乾癟成一具骷髏。

二〇一三年第一期《人民文學》

睡覺

馬路上兩個相向而行的陌生人會是什麼關係呢？沒關係，這就是所謂的「路人」。但是，「路人」的手上各自牽了一條狗，情形就會有所改變。小美牽的是一條泰迪，迎面小夥子的身前卻是一條體態巨大的阿拉斯加。兩條狗見面了。這是兩條都市裡的狗，比都市裡的人還要孤寂。可狗畢竟不是人，人越孤寂越冷，狗越孤寂卻越熱。兩條狗一見面就親，用牙齒親，用爪子親，「張牙舞爪」說的就是這麼回事。小美和小夥子只好停下來，點了一下頭，無聊地望著狗親熱。小美到底是護犢子的，她的手很警惕，一旦她的小寶貝受到了大傢伙的攻擊，手一收，泰迪馬上就能回到她的懷抱。

小美的泰迪是一條小型犬，牠的體重也許連阿拉斯加的八分之一都不到。可八分之一的體重一點也沒有妨礙泰迪的熱情，牠是公的，阿拉斯加卻是母的，泰迪用牠無與倫比的嗅覺把阿拉斯加驗證了一遍，知道該做什麼了——人一樣站了起來，撲到了阿拉斯加的後身。

小美沒有收手。這就是公狗的好。其實這樣的事情是經常發生的，小美一般都不干涉，泰迪才十個月，十個月的孩子又能做什麼？身子搖晃幾下，意思過了也就罷了。但這一次不一樣。這一次的態勢極為嚴重，泰迪來真的了，牠動了傢伙。小美還是第一次養狗，關於狗，她委實沒有什麼經驗。她早就應當注意到泰迪最近的一些變化的，就說撒尿吧，泰迪以往都是蹲著，很含蓄的樣子，很高貴的樣子。現在不同了，牠一定要找到樹根或牆角，蹺起一條腿，撇開來，然後，身子一歪，「嗞——」，完了。十足的一個小無賴。

阿拉斯加到底是大型犬，很有大型犬的派頭。牠知道泰迪在忙活什麼，卻懶得搭理牠。阿拉斯加甚至回過了頭來，若無其事地望著泰迪。泰迪卻不管不顧，一頭熱，十分熱烈地製造節奏，屁股還做出了全力以赴的模樣——對於養狗的人來說，這其實是一個最為普通的場景。然而，小美卻是第一次看見，不忍目睹了，只想掉過頭去就走。但掉過頭去就走似乎更能說明一些問題，也不妥當，小美只好立在那裡，滿臉都漲得通紅，不知所措了。小夥子乾乾淨淨的，他很斯文，他的胳膊一直平舉在那裡。兩個人商量好了一樣，既像若無其事，也像包庇縱容，都像成心的了。地面上的場景越來越火爆，小美實在裝不下去了，臉很漲，似乎比平時擴大了一圈。她低下頭，想訓斥，又不知道該說什麼，只好模模糊糊地說：「不好這樣子的！」小美說：「不好這樣子！」

小夥子卻寬慰她，說：「沒事的，反正也夠不著。」這是一個大實話。但大實話就是這樣，它的內部時常隱含了十分不堪的內容。小美的臉上突然又是一陣漲，當即弓下腰，一把抱起泰迪，摟在了懷裡。

小美的離開顯然有些倉促，她沿著小夥子的來路匆匆而去。路人就必須是這樣，相向而行，然後，背道而馳。

十五個月前，小美嫁到了東郊，一直定居在東郊的皇家別墅苑。小美的婚禮極其簡單，比通常的婚禮卻浪漫和別致許多倍。先生把小美帶到了南京，花了大半天的時間一起遊玩了臺城和中山陵。大約在下午的四點鐘，他們回到了金陵飯店。先生變戲法似的，突然給了小美一朵玫瑰。先生說，嫁給我，好嗎？小美楞了一下，再也沒有想到先生肯用「嫁」這個詞。好在小美知道「嫁」是怎麼一回事，她站在原地，開始解，所有的衣物都掉在了地毯上。小美的頭髮掛下來了，兩隻胳膊也掛下來了。做為女人，從頭髮到腳趾頭，她一樣也不缺。小美說，我都帶來了，你娶走吧。先生沒有把小美拉上床，卻把小美拉進了衛生間。她打開了香檳。香檳的泡沫跟射精似的，蓬勃而又無所顧忌。喝過交杯，先生又送了小美一件結婚的禮物，是香奈爾。小美就穿著香奈爾和先生走向婚床了。這個婚禮是多麼的特別，簡短而又浪漫，真的是出奇制勝。不過，事後想起來，小美其實就是被一朵玫瑰、一杯香檳和一瓶香水娶走的。還是便宜了。小美在心裡頭笑笑，男人哪，不想浪費就肯定浪漫。

不過先生倒不是一個吝嗇的人。除了婚禮，先生的手面還算大方。一句話，在金錢方面，先生從來沒有虧待過小美。先生有家，在浙江，有生意，也在浙江，去年年底才把生意拓展到南京來的。「生意到了南京，在南京就必須有個家。」先生是這樣說的，也是這樣做的，他就用一朵玫瑰、一杯香檳和一件香奈爾把小美給娶回來了。

上床之前還發生了一件事，小美突然哭了。她光著，先生也光著，先生就這樣把小美摟在了懷裡。小美說：「往後我怎麼稱呼先生呢？」先生吻著小美的腮，脫口說：「就叫我先生。」先生這個詞好，好就好在曖昧，既可以當丈夫用，也可以當男人用，還可以當嫖客用，複雜了。小美的下巴架在「先生」的肩膀上，決定哭一會兒，眼淚一直滾到先生的鎖骨上。先生托住小美的下巴，眼睛眯起來，腦袋拉得遠遠的，盯著小美看。還沒等先生開口，小美卻先笑了，她用腮部蹭了蹭先生的下巴，輕聲說：「先生你再慣我一會兒吧。」先生比小美大二十歲，這是他應該做的，也是小美應該得到的。

有一件事小美一直瞞著先生，在認識先生之前，小美在外面做過的，也就是五六個月。小美做得並不好，一直都沒什麼生意。小美自己也不知道為什麼，說出來都有點滑稽——小美能夠接受的只有回頭客，這生意還怎麼做呢？媽咪是一個比小美小十七個月的女孩子，和小美的關係始終都不錯。媽咪說：「你呀，你連牌坊的錢都掙不回來。」小美只有苦笑。生人也不是不可以，可以的，她就是覺得生人髒，還疼。說到底小美這樣的女孩子是不適合捧這麼一只飯碗的。

小美下決心「不做」，固然是遇上了先生，另一個祕密也不能不說。就在最後的一個月，她接待了一個很特別的小夥子。之所以很特別，一是他的年紀，肯定是學生，不是大三就是大四；二是他的長相，小夥子實在是太乾淨、太斯文了，極度地害羞。小美一眼就看出來了，是個菜鳥，不是頭一遭就是第二回。小美覺得見過這個人的，卻想不起來，也沒工夫去想了。那個夜晚真的很動人，小夥子摟著小美，是柔軟和卑微的樣子，他的臉龐一直埋在小美的乳溝裡，反反覆覆地說：「你答應我吧，你答應我吧。」這有什麼答應不答應的，小美必須要答應。可小夥子什麼也不幹，光流淚，眼淚和鼻涕都沾在小美的乳房上，只是重複那兩句廢話。小美知道了，這是一個受了傷的傢伙，他要的不是小美的硬件，而是小美的系統。小美很奇怪，她的乳房一直是有潔癖，向來都容不下半點黏稠的東西，小美就是不覺得他的眼淚和鼻涕髒。小美就摟著他的腦袋，哄他，她一口又一口地、一遍又一遍地說：「我答應你。」小美說：「我答應的。」

除了流淚，除了「你答應我吧」，除了「我答應你」，這個晚上小美幾乎沒有付出體力，他們什麼也沒做。這筆買賣太划算了。可是，從後來的情況來看，似乎也不划算。小夥子在離開之前要了小美的手機號碼，小美給了他。他捧起小美的臉，臉上的神情嚴肅得嚇人了，是至真與至誠。小夥子說：「答應我，等著我，我明天就給你打電話。」

小美怎麼可能等待他的電話呢？笑話。但是，小夥子留下了一樣東西，那就是小夥子的神情，那神情是嚴肅的，莊重的，至真，至誠，嚇人了。小美自己也不願意承認，一閒下來她就不由自主地追憶那張臉，她懷念的居然是他的嚴肅，還有他的莊重，搞笑了。小美其實還是等他的電話。小美當然什麼也沒有等到。小美就覺得自己一不小心「懷」上了，不是肚子懷上了，是心懷上了。她還能做什麼？只能等。等待是天底下最折磨人的一件事，小美攤上了。小美就點起薄荷菸，瞇起眼睛，一個人笑，笑得壞壞的，很會心的樣子，很淫邪的樣子，很無所畏懼的樣子，敢死。說到底又沒有什麼東西需要她去死。這就很無聊了，還無趣，很像薄荷。小美從來沒有把這個故事說給任何一個姊妹聽，連媽咪都沒有。小美的心就這麼懷上了，連墮胎的醫院都沒有找到。

嫁到東郊不久小美就知道了，她「嫁」過來這筆買賣又虧了，虧大發了，難怪先生在金錢問題上沒有和她計較。先生娶她是為了生兒子的。先生在南京和波士頓受過良好的教育，在求婚這個環節上，先生很波士頓；一旦過上了日子，他浙江農民的天性就暴露出來了——錢越多，越渴望有兒子。先生在浙江有三個女兒，他的太太卻說什麼都不肯再生了。不生就不生，太太不生，他生，反正是一樣的。

先生不好色。他在「外面」從不招惹女人。做為這個方面的行家，小美有數。先生還是一個精確的人，一個月來一次，每一次都能趕上小美「最危險」的日子。小美知道了，先生在意的不是和小美做愛，而是和小美交配。

小美卻不想懷。她在皇家別墅苑見過大量的、「那樣的」小男孩，他們聰明、漂亮。他們的目光快樂而又清澈。不過小美是知道的，總有那麼一天，他們的目光會憂鬱起來、暗淡下去。一想起這個小美就有些不寒而慄。

小美也不能不為自己想。一旦懷上了，她的出路無非就是兩條：一、拿著錢走人；二、先做奶媽，拿著更多的錢走人——她小美又能走到哪裡去？無論她走到昆明還是長春，約翰內斯堡還是布宜諾斯艾利斯，她的身後永遠會有一雙聰明而又漂亮的眼睛，然後，這雙眼憂鬱起來了，暗淡下去了。那目光將是她的魂，一回頭就看不見了。

也許還有第三條路，這第三條路可就越發凶險了，她小美憑什麼一下子就能懷上兒子？完全可能是一個女兒，這就是為什麼先生和她的契約不是一年，而是三年。奧妙就在這裡。

小美是誰？怎麼能受人家的擺布？小美有這樣的一種能力：她能把每一次交配都上升到做愛。為了蠱惑先生，小美在床上施展了她的全部才華，比她「賣」的時候更像「賣」。書到用時方恨少啊。她的體態是痴狂的，她的呻吟乃至尖叫也是痴狂的，很專業。她是多麼的需要他，已經愛上他了。先生很滿足。滿足也沒有什麼不對，滿足給了先生奇異的直覺：這一次「一定是兒子」。

為了給先生生一個「最健康」、「最聰明」的「兒子」，小美補鈣，補鋅，補鐵。她還要補維生素A、B、C。當著先生的面，小美在早飯之前就要拿出藥物來，吃花生米一樣，一呑就是一大把。聰明的人時常是愚蠢的，在南京和波士頓受過良好教育的先生怎麼也想不到，維生素裡頭夾雜著避孕藥。小美一直在避孕。一夫當關，萬夫莫開。小美的小藥丸能把先生的千軍萬馬殺他個片甲不留。

「我是個壞女人。」臥在先生的身邊，小美這樣想，「我是對不起先生的。」

先生就是先生。先生有先生的生意，先生有先生的家。事實上，先生給小美的時間極其有限，每個月也就是四十八小時。四十八個小時之後，先生就要拖著他的拉桿箱出發了，這一來小美在東郊的家就有點像飛機場，一個月只有一個往返的航班。先生每一次降落小美都是高興的，說到底，她也要；一起飛小美就只剩下一樣東西了，二十八天或二十九天的時間。二十八天或二十九天的時間是一根非常非常大的骨頭，光溜溜的，白花花的。小美像一隻螞蟻，爬上去，再爬下來，纏繞了。一般來說，螞蟻是不會像狗那樣趴下來休息的。小美都能聽見螞蟻浩浩蕩蕩的呼吸。

白天還好，比較下來，黑夜就不那麼好辦。黑夜有一種功能，它能放大所有的壞東西。到處都是獨守空房的女人，到處都是死一般的沉寂。皇家別墅苑，名副其實了，果然是皇家的派頭，一大群嬪妃，卻永遠也見不著「皇帝」。偶爾有一兩聲犬吠，很遠，沒有呼應，彷彿撲空了的墜落，像荒郊的寥落，也像野外的靜謐。史前的氣息無邊無沿。

都說這是一個喧鬧的世界，紛繁，浮華，紅塵滾滾，烈火烹油。小美一個人端坐在子夜時分，她看到的只是豪華的枯寂。

小美突然就想到了狗。無論如何，她需要身體的陪伴。狗有一個不容忽視的特徵，牠有身體，牠附帶還有體溫。泰迪的智商極高，在所有的犬類中泰迪的智商排行第三；泰迪不僅有出眾的智商，牠還有溫暖的情商，牠黏人，牠極度在意主人對牠的態度，牠要抱，牠要摸，如果可能，牠還要與主人同枕共眠。一旦你忽略了牠，牠的心思就會像牠的體毛那樣軟綿綿地鬈曲起來。泰迪幹得最出色的工作就是和你相依為命。

就是泰迪了，就是牠了。小美把牠的申請報告發送到先生的手機上。先生叫她「聽話」，「別鬧」，他在談「正事」呢。小美不聽，她就是不聽話，就是要鬧。小美平均五分鐘就要給先生發一條短信，所選用的稱呼分外妖嬈：一會兒是老闆，一會兒是老公，一會兒是爸爸。小美的最後一條短信是這樣撒嬌的：

爸爸：

我是你的兒子泰迪，我要媽媽。

永遠愛你的兒子

先生到底沒有拗得過小美，他在高雄開心地苦笑，那是中年男人最開心的苦笑，終於還是妥協了。他在高雄打開了電腦，決定在網上訂購。但小美是有要求的，要「兒子」，不要「女兒」。小美早就鐵了心了，只要是性命，小美就只會選擇，男的、公的、雄的，堅決不碰女的、母的、雌的。

泰迪進了家門才六七個月，先生突然不來了。小美的日子過得本來就渾渾噩噩的，對日子也沒有什麼概念。小美粗粗估算了一下，先生的確「有些日子」沒在皇家別墅苑露面了。先生不來，小美也和他「鬧」，但這個「鬧」並不是真的「鬧」，它屬於生意經，不是讓先生生氣，而是讓先生高興。說到底，先生真的不來小美其實也無所謂的，她的手上有先生給她的中國工商銀行的銀聯卡。銀聯卡就在她的手上，號碼是3702460167704596。在數字化時代，這是一組普通的、卻又是神祕的數字。對小美來說，它近乎神聖。它就是小美，它也是先生。它是生活的一個終極與另一個終極，在這個終極和那個終極之間，生活呈現了它的全部——生活就是先生在某個時刻某個地點把一個數字打進這個數字，然後，小美在另一個時刻另一個地點把那個數字從這個數字裡掏出來。這就是所謂的「數字化生存」，生活最核心的機密全部在這裡。

意外到底還是發生了，它發生在銀聯卡的內部，換句話說，是數字。小美在ATM的顯示屏上意外地發現了一件事，先生打過來的款項竟然不足以往的二分之一。小美在ATM的面前楞住了，腦子裡布滿了泰迪的體毛，濃密、幽暗、鬈曲。沒有一根能拉得直。

小美至今沒有完成先生的預定目標，對先生這種目標明確的男人來說，他的這一舉動一點也不突兀。既然小美沒有給他回報，先生就沒有必要在她的身上持續投資。她會轉投小三，再不就轉投小四。他這樣富有而又倜儻的男人又何必擔心投資的項目呢。這年頭有多少美女在等待投資。小美拿著她的銀聯卡，銀聯卡微燙，突然顫抖了。事實上，銀聯卡沒有抖，是小美的手抖了。

小美低下頭，迅速離開了ATM。她的身後還有一串美女，她們正在排隊。由於ATM正對著皇家別墅苑的大門口，到這裡排隊的清一色的都是女性，年輕，漂亮，時尚。她們彼此幾乎不說話，說什麼呢？什麼都不用說的。無論她們的面孔和身段有多麼大的區別，無論她們已經做了母親還是沒有做母親，她們彼此都是透明的——每個人的腋下都夾著相同的劇本，一樣的舞臺，一樣的導演，演員不同，如斯而已。

「當初要是懷一個就好了。」小美這樣想。像她們這樣的女人，有了孩子還是不一樣，孩子是可以利用的。說到底她還是被自己的小聰明害了。一旦有了孩子，先生斷不至於去投資小三、小四和小五的。

小美還沒有來得及離開，爆炸性的場面出現了，隊伍裡突然響起了一個女人的尖叫。嚴格地說，是叫罵：「我操你媽，什麼意思——你說！」手機時代就是可愛，一個女人可以站在大街上對著空氣罵街，沒有人認為她是瘋子。

叫罵的女人是「傻叉」，小美認識她。「傻叉」是整個皇家別墅苑裡最漂亮、最招搖的一個女人。她有一個標誌，進進出出都開著她的紅色保時捷，高貴得很，囂張得很。她偏偏就忘了，以她的年紀，以她的長相和打扮，她最不能開的恰恰就是保時捷，那等於向全世界宣告了她的真實身分——你還高貴什麼、囂張什麼？小美的肚子裡一直叫她「傻叉」。這一刻「傻叉」正站在ATM的面前，既不取，也不存，更不走，旁若無人。和小美一樣，她的手上捏著一張顫抖的銀聯卡。口紅在翻飛，「傻叉」對著她的手機十分豔麗地大聲喊道：「憑什麼只給這麼一點點？你讓我怎麼活？」

「傻叉」對著手機僅僅安靜了幾秒鐘，幾秒鐘之後，她再一次爆發了：「什麼他媽的金融危機，關我屁事！讓你快活的時候我有沒有給你打對折？少囉嗦，打錢來！」

小美一開始其實並沒有聽懂，後來，突然就懂了，這一懂附帶著就把自己的處境弄明白了。金融危機，她在CCTV上看過一期專題報導，名字像阿湯主演的大片：華爾街風暴。小美沒往心裡去罷了。華爾街，它太遙遠了，太縹緲了，近乎虛幻。小美怎麼會把華爾街和南京的東郊聯繫起來呢？又怎麼能把它和自己聯繫起來呢？那不是瘋了嗎？風暴來了，就在南京，就在東郊，直逼小美的手指縫，砭人肌骨。小美一個激靈，這個激靈給小美帶了一個觸及靈魂的認識，她原來一直都生活在「這個世界」上。這是一個多麼淺顯的常識，幾近深刻。她的肌膚感受到了常識的入木三分。

小美猜想先生不會真的在意這麼幾個錢。先生和所有做大事的人一樣，他們只是講原則。既然他的貿易要消減，他就必須在每一個細節上都要做消減。小美也是他的貿易，沒有理由不做調整。先生沒去投資小三、小四和小五，小美已經幸運了。回到家，小美做了幾下深呼吸，撥通了先生的電話。小美沒有談錢的事，她不可能在這三年裡頭把一輩子的錢都掙回來，這是明擺著的事情。小美反過來只是想關心他一下，無論如何，先生對自己還是不錯的，他不欠自己，要說欠，小美欠先生的可能還要更多一些。在和先生的關係裡頭，她小美畢竟暗藏著損招。小美和先生也沒有聊得太多，只是問了問他的身體，她告訴先生，太累了就回來一趟，「我陪你散散心」。說這話小美是真心的，一出口，小美突然意識到心裡頭搖晃了一下，似乎有點動情了。小美就咬住了上嘴唇，吮了兩下，隨後就掛了。掛了也就掛了，遛狗去。泰迪的運氣不錯，嗨，還遇上了阿拉斯加。

小美並沒有沮喪，相反，她的生活熱情十分怪異地高漲起來了。小美把自己的生活費用做了一番精簡，能省的全部省去——泰迪那一頭卻加大了投入。再窮也不能窮孩子。

大學時代小美的專業是幼兒教育，以專業的眼光來看，她現在的「職業」和幼兒教育顯然是不對口了。不對口又有什麼關係？生活裡頭哪裡有那麼多的對口？她培養和教育泰迪的熱情反正是上來了，迅猛，古怪，偏執。她是母親。

小美給泰迪做了一次美容，除了頭頂，泰迪的體毛被剔了個精光。小美親手為泰迪做了一只蝴蝶結，戴在了泰迪的脖子上。現在，泰迪幾乎就是一個小小的紳士了。光有紳士的儀表是不夠的，小美要從習慣和舉止上訓練牠。她教牠握手，做揖，還有鞠躬。她一定要讓她的泰迪彬彬有禮。為了激勵牠，小美買了最好的法國食品，無鹽香腸，牛肉乾，雞肉塊和羊肉條，同時還補鈣、補維生素、發毛劑。小美每天要在泰迪的身上花上七八個小時，寓教於樂，獎懲分明。小美一再告誡自己：狗不教，母之過，教不嚴，師之惰。再窮也不能窮教育。

小美很享受自己的激情。她改變了她和泰迪的關係，她認定了一件事，泰迪和她不是狗與主人，是孤兒與寡母。很悲涼、很頑強、有尊嚴。她為此而感動。寂寞與清貧像兩隻翅膀，每天都帶著她在悲劇氛圍裡飛翔——再舒適的物質生活也比不上內心的戲劇性。

小美在泰迪的身上付出了她全部的愛，從最終的結果來看，小美的教育成效並不大。泰迪很不爭氣，牠的心思越走越遠了。不知道從什麼時候開始，牠的心糾纏到一條不知道姓名的母狗上去了。那條妖蕩的、不知姓名的母狗在草地上留下了一泡尿，牠是蕩婦。泰迪一下樓就要撲到那泡尿的舊址上去，用心地嗅。嗅完了，牠就四處看。草地上空空蕩蕩，泰迪就茫然四顧，牠遙望的眼神孤獨而又憂傷。泰迪就四處散發牠的名片，也就是小便，結果極不理想，牠一直沒有機會遇上那條妖蕩的、不知道姓名的蕩婦。牠的愛情既沒有開始也沒有終結，僅僅是一種沒頭沒腦的守望。

夜裡頭不能遛狗，小美就檢討自己短暫的人生。小美的一切其實都挺好。她所過的並不是自己「想過」的日子，說白了，也不是自己「不想過」的日子。一句話，小美現在所過的是自己「可以過」的日子。人生其實就是這樣的。

有沒有遺憾呢？有。說出來都沒人信，小美到現在都沒有談過戀愛，一次都沒有。小美想起來了，她「似乎是」談過的——可是，那算不算戀愛呢？小美卻沒有把握。小美的「疑似戀愛」發生在大學三年級那個暑假，做為教育系的優等生，小美參加了校團委舉辦的社會實踐。社會實踐的內容是暴走井岡山。小美記得的，她每天都在爬山，每天都在走路，累得魂都出了竅。

小美的「疑似戀愛」發生在最後一個夜晚，經過四個半小時的急行軍，整個團隊已經潰不成軍了，每個人都昏頭昏腦。他們來到了一間大教室。大教室裡很暗，地上鋪滿了草，草上拚放著馬賽克一樣的草薦。一進教室，所有的人都把自己撂在草薦上。帶隊老師用他的胳膊撐住了門框，嚴肅地指出，這是一堂必修課，今晚我們就睡在地上。

帶隊老師的動員顯然是多餘了，誰還在乎睡在哪兒？能把身子骨放平就行了。幾乎就在躺下的同時，小美已經睡著了。在小美的記憶裡，那是她有生以來最為深沉的一覺，和死了一模一樣，這個深沉的、和死了一模一樣的睡眠一直持續到第二天的天亮。天剛亮小美就醒來了，渾身都是疼。她望著窗前的微光，一點也想不起來自己是在什麼地方了。她把頭抬起來，吃驚地發現自己的身邊黑壓壓的都是人，橫七豎八，男男女女，像一屋子的屍首。這一來小美就想起來了。幾乎就在想起來的同時，小美意外地發現他居然就睡在自己的頭頂，腦袋對著腦袋，差不多就是另一種形式的同床共枕了。他非常安靜，還在睡。天哪！天哪！

他可真是——怎麼說呢，只能用最通俗的說法了——每一個女同學心目中的白馬王子，小美怎麼能有這樣的好運，居然能和他同枕共眠了一整夜。

他連睡相都是那麼俊美，乾乾淨淨，有些斯文。小美就趴在草蓆上，端詳他，看著他輕微的、有節奏的呼吸。小美調理好自己的氣息，慢慢地，他們的呼吸同步了；慢慢地，他們的呼吸又不同步了。小美年輕的心突然就是一陣輕浮，悄悄抽出一根稻草，戳到他的鼻子上去了。雖說輕浮，小美自己是知道的，她並不輕浮，她的舉動帶有青梅竹馬的性質。他的鼻翼動了動，終於醒來了，一睜開眼就嚇了一大跳，一個女孩的臉正罩在自己的臉上。他就目瞪口呆。他目瞪口呆的樣子太可愛，小美就張大了嘴巴，大笑，卻沒有聲息，他楞了一會兒，也笑，一樣沒有聲息，這一切就發生在凌晨，新鮮、清冽、安靜、美好。一塵不染、無聲無息。

笑完了，他翻了一個身，繼續睡。小美也躺下了，繼續睡。她沒有睡著，身子蜷起來了，突然就很珍惜自己，還有別的。也有些後悔——昨天一夜她要是沒有昏睡就好了，那可是一整夜的體會啊，同床共枕，相安無事，多好啊。

女孩子真是不可理喻，到了刷牙的時候，小美知道了，自己戀愛了。不要提牙膏的滋味有多好了，彷彿沒有韌性的口香糖，幾乎可以咀嚼。開學後的第一個星期五，小美開始了她的追求。他很禮貌地謝絕了。話說得極其溫和，意思卻無比堅決：這是不可能的。小美的「戀愛」到此為止。

兩年之後小美曾給他發過一封電子郵件，他已經在市政府，聽說髮型變了，現在是三七分。小美怕他忘了，特地在附件裡捎上了一張黃洋界的相片。她用極度克制的口吻問：「老同學，沒把我忘了吧？」其實，小美也沒有別的意思，無非就是敘敘舊。她就是珍惜。

他是這樣回答小美的，語氣斯文，乾乾淨淨：「沒有忘，你是一個好同志。」

小美即刻就把這封郵件永遠刪除了。想了想，關了機。又想了想，把電源都拔了。

遛狗的人就是這樣，一日認識了，想躲都躲不掉。下午三四點鐘的樣子，小美在一塊巨大的草地上和「阿拉斯加」又一次遇上了。這是他們第幾次見面了？小美想了想，該有三四次了吧。泰迪和阿拉斯加已經親熱上了，因為有了前幾次的經驗，小美似乎並不那麼窘迫了。嗨，狗就是狗，牠們愛幹什麼就幹什麼吧。

這塊草地有它的特點，不只是大，遠處還長著一圈高大茂密的樹，像濃密的壁壘，鬱鬱蔥蔥的，鬱鬱蔥蔥的上面就是藍天和白雲——到底是南京的東郊，還是不一樣，連植物都有氣息，是皇家園林的氣派，兼加民國首都的遺韻。開闊的草地一碧如洗，卻沒人。小美想了想，今天是星期一，難怪了。小美天天在東郊，即便如此，她在草地上還是做了一次很深的深呼吸，禁不住在心底讚歎，好天氣啊，金子一般。

泰迪的匆忙是一如既往的，小美和小夥子卻開始了他們的閒聊。他們聊的是星相、血型，當然還有美食，很八卦了。到後來小美很自然地問了小夥子一些私人性質的問題，這一來小美就知道了，小夥子就是南京人，剛剛大學畢業，一時沒有著落，還漂著呢。就這麼東南西北遊蕩了一大圈，小美有些累，在草地上坐下了，小夥子也坐下了。小美用兩條胳膊支撐住自己，仰起頭，看天上的太陽，還有雲。太陽已經很柔和了，適合於長時間的打量。雲很美，是做愛之後的面色。草地到底是草地，和別處不同，站在上面不覺得什麼，一旦坐下來，它溫熱的氣息就上來了，人就輕，還很慵懶。小美閉上了眼睛，似乎是想了一些什麼，想了好長的時間。小美突然睜開眼，回過頭來，對小夥子說：「我請你睡覺吧。」小夥子斯斯文文的，楞了一下，臉上的顏色似乎有些變化。小美笑起來，說：「不要誤會，是睡『素覺』，就在這兒——你睡在我的頂頭，怎麼樣？」小夥子明白了，是不情願的樣子。小美一心要做成這筆買賣，果斷地伸出一隻手，張開了她的手指，給小夥子看。只是一個「素覺」，幾乎就是一個天價了。小夥子看了看小美的五根手指頭，又看了看小美的臉，終於說：「腦袋對著腦袋是吧？」躺下了，小美也躺下了。躺在草地上真是太舒服了，草地被晒了一天，綿軟和蓬鬆不說，還有一股子蓬勃的氣味。天是被子，地是床，是年輕的豪邁。為了配合這種舒適，小美睡得極端正，腳尖呈倒八字，兩隻手交叉著放在腹部，遠遠地看過去，小美就是一具年輕而又光榮的屍體。

小美沒有想到自己居然就睡著了。大概七八分鐘的樣子。睜開眼，小美頓時就感到了一陣神清氣爽，是神、清、氣、爽啊，太輕鬆、太滿足了，暖洋洋的，還癢戳戳的。小美從來沒有體會過這樣的一種大舒坦和大自在，這裡頭那種說不出來的寧靜、美好與生動。小美很想再一次重溫一下「睡著了」的好感受，怎麼也想不起來了。唉，好睡眠就是這樣，你無法享受它的進程。小美翻了一個身，這一翻就把她嚇了一大跳，身邊還躺著小夥子呢。他的睡相是那樣的英俊，乾乾淨淨，斯斯文文的。小美挪動了一下身子，她的臉幾乎就把小夥子的臉給罩住了。小美說：「我請你接吻吧。」小夥子的嘴角動了動，顯然，他並沒有睡著，他在裝睡。小夥子並沒有立即表態，小美就再一次躺下了。小美躺下之後小夥子卻翻了個身，他的臉和小美的臉挨得非常近，他們相互看，有了親吻的跡象。這時候小美的餘光看到了一樣東西，是小夥子的一隻手，它張開了，一共有五個手指頭。

二〇〇九年第十期《人民文學》

家事

一大早，老婆就給老公發了一條短信。短信說，老公，兒子似乎不太好，你能不能抽空和他談談？

老公回話了，口氣似乎是無動於衷的：還是你談吧，你是當媽的嘛。

老公喬韋是一個高中一年級的學生，他的老婆小艾則是他的同班。說起來他們做夫妻的時間倒也不長，也就是十來天。這件事複雜了，一直可以追溯到高中一年級的上學期。用喬韋的話來說，在一個「靜中有動」的時刻，喬韋就被小艾「點」著了——拚了命地追。可是小艾的那一頭一點意思也沒有，「怎麼敢消費你的感情呢？」小艾如斯說。為了「可憐的」（喬韋語）小艾，喬韋一腳就把油門踩到了底，飆上了。喬韋鄭重地告誡小艾，「你這種可憐的女人沒有我可不行！」他是動了真心了，這一點小艾也不是看不出來，為了追她，喬韋的GDP已經從年級第九下滑到一百開外了，恐怖啊。面對這麼一種慘烈而又悲壯的景象，小艾哪裡還好意思對喬韋說「一點兒也不愛你」，說不出口了。買賣不成情義在嘛。可是，態度卻愈加堅定，死死咬住了「不想在中學階段戀愛」這句話不放。經歷了一個水深火熱的冬季，喬韋單邊主義的愛情已經到了瘋魔的邊緣，眼見得就扛不住了。兩個星期前，就在寧海路和頤和路的路口，喬韋一把揪住了小艾的手腕，什麼也不說，眼睛閉上了，嘴巴卻張了開來，不停地喘息。小艾不動。等喬韋睜開了眼睛，小艾採用了張愛玲女士的辦法，微笑著，搖頭，再搖頭。喬韋氣急敗壞，命令說：「那你也不許和別人戀愛！」不講理了。小艾「不想在中學階段戀愛」，其實倒不是搪塞的話，是真的。小艾痛快地答應了，前提是喬韋你首先把自己打理好，把你的GDP拉上來，要不然，「如此重大的歷史責任，我這樣美麗瘦小的弱女子如何能承擔得起。」小艾的話都說到這一步了，可以說聲情並茂，喬韋還能怎麼著？這不是一百三十七的智商能夠解決得了的。

喬韋在馬路邊上坐了下來，嘆了一口氣，說：「老婆啊，妳怎麼就不能和我戀愛的呢？」這個小潑皮，求愛不成，反倒把小艾叫做「老婆」了，哪有這樣的。小艾的腦細胞劈里啪啦一陣撞擊，明白了，反而放心了。喬韋說這話的意思無非是兩點，A：給自己找個臺階，不再在「戀愛」這個問題上糾纏她，都是「老婆」了嘛。B：心畢竟沒死透，怕她和別人好，搶先「註冊」了再說——只要「註冊」了，別人就再也沒法下手了。小艾笑笑，默認了「老婆」這麼一個光榮的稱號。學校裡的「夫妻」多呢，也不多他們這一家子。只要能把眼前的這一陣扛過去，老婆就老婆唄，老公就老公唄，掃衛生的時候還多一個藍領呢。小艾拍拍喬韋的膝蓋，真心誠意地說：「難得我老公是個明白的人。」小艾這麼一誇，喬韋更絕望了，他抱住了自己的腦袋，埋到兩隻膝蓋的中央，好半天都沒有抬起頭來。只能這樣了。可是，分手的時候喬韋還是提出了一個特別的要求，他拉著小艾的手，要求「吻別」。這一回小艾一點兒也不像張愛玲了，她推出自己的另一隻巴掌，攔在中間，大聲說：「你見過你媽和你爸接吻沒有？——喬韋，你要說實話！不說實話咱們就離婚！」喬韋拚了命地眨巴眼睛，誠實地說：「那倒是沒有。」小艾說：「還是啊。」當然，小艾最後還是獎勵了他一個擁抱，樸素而又漫長。喬韋的表現很不錯，雖說力量大了一些，收得緊了一些，但到底是規定動作，臉部和唇部都沒有任何不良的傾向。在這一點上小艾對喬韋的評價一直都是比較高的。喬韋在骨子裡很紳士。紳士總是不喜歡離婚的。

只做「夫妻」，不談戀愛，小艾和喬韋的關係相對來說反而簡單了，只不過在「單位」裡頭改變了稱呼而已。看起來這個小小的改變對喬韋來說還真的是個安慰，不少壞小子都衝著小艾喊「嫂子」了。小艾抿著嘴，笑納了。小艾是有分寸的，拿捏得相當好，在神態和舉止上斷不至於讓「同事們」誤解。「夫妻」和「夫妻」是不一樣的。這裡頭的區分，怎麼說呢，嗨，除了老師，誰還看不出來呀。哪對「夫妻」呈陽性，哪對「夫妻」呈陰性，目光裡頭的PH值就不一樣。能一樣嗎？小艾和喬韋一直保持著革命伴侶的本色，無非就是利用「下班的工夫」在頤和路上走走，頂多也就是在寧海路上吃一頓肯德基。名分罷了。作為老公，喬韋的這個單是要埋的。喬韋很豪闊，笑起來爽歪歪。但是，私下裡，喬韋對「夫妻生活」的本質算是看透了，往簡單裡說，也就是埋個單。悲哀啊，蒼涼啊。這就是婚姻嗎？這就是了。——過吧。

可婚姻也不像喬韋所感嘆的那樣簡單。家家都有一本難念的經。事情的複雜性就在於，做了夫妻喬韋才知道，他和小艾的婚姻裡頭還夾著另外的一個男人。

——小艾有兒子。田滿。高一（九）班那個著名的大個子。身高足足有一米九九。田滿做小艾的兒子已經有些日子了，比喬韋「靜中有動」的時候還要早。事情不是發生在別的地方，就在寧海路上的那家肯德基。

小艾和田滿其實是邂逅，田滿端著他的大盤子，晃晃悠悠，晃晃悠悠，最後坐到小艾的對面來了。小艾叼著雞翅，仰起頭，吃驚地說：「這不是田滿嗎？」田滿頂著他標誌性的雞窩頭，涼颼颼的，綳著臉。田滿說：「妳怎麼認識我？」小艾說：「誰還不認識田滿哪，咱們的十一號嘛。」十一號是田滿在籃球場上的號碼，也是YAO（姚明）在休斯頓火箭隊的號碼，它象徵著雙份的獨一無二。田滿面無表情，坐下來，兩條巨大的長腿分得很開，像泰坦尼克號的船頭。田滿傲滋滋地說：「——你是誰？」小艾的下巴朝著他們學校的方向送了送，說：「十七班的。」田滿說：「難怪呢。」聽田滿這麼一說，小艾很自豪，十七班是高中一年級的龍鳳班，教育部門不讓辦的。心照不宣吧。這會兒小艾就覺得「十七班」是她的臉上的一顆美人痣，足可以畫龍點睛了。小艾咄咄逼人了，說：「難怪什麼？」田滿歪著嘴，冰冷的說：「妳很蔻。」「蔻」是一個十分鬼魅的概念，沒有解。如果一定要解釋，坊間是這樣定義的：它比漂亮豔麗，比豔麗端莊，比端莊性感，比性感智慧，比智慧凌厲，總之，是高中女人（女生）的至尊榮譽。小艾說：「扮相倒酷，其實是馬屁精。」

田滿的臉頓時紅了。這是他沒有預備的。嘴巴動了動，想說什麼，沒跟得上來。小艾再也沒有料到大明星也會窘迫成這樣，多好玩哦。大明星害起羞來真的是很感動人的。小艾這才注意起田滿的眼睛來，眼眶的四周全是毛，很長，很烏，很密，還挑，有那麼一點兒姑娘氣，當然，絕不是娘娘腔——這裡頭有質的區分。目光潮濕，明亮，卻茫然，像一匹小馬駒子。小艾已經有數了，他的巨大是假的，他的巍峨是假的，骨子裡是菜鳥。他能考到這所中學裡來，不是因為考分，而是因為個子。智商不高，膽子小，羞怯，除了在籃球場上逞能，下了場就沒用了，還喜歡裝，故意把自己搞得晶晶亮、透心涼。這個人多好玩哦，這個人多可愛哦。小艾喜歡死了。當然，不是那種。田滿這種人怎麼說也不是她小艾的款。可小艾也不打算放棄，上身湊過去了，小聲說：「商量個事。」田滿放下手裡的漢堡，舔了舔中指，舔了舔食指，吮了吮大拇指。他把上身靠在靠背上，抱起雙臂，做出一副電視劇裡的「男一號」最常見的甩樣，說：「說。」

小艾瞇起了眼睛，有點兒勾人了，說：「做我兒子吧。」

田滿的大拇指還含在嘴裡，不動了。肯德基裡的空氣寂靜下來。一開口小艾就知道自己過分了，再怎麼說她小艾也不配擁有這麼一個頂天立地的兒子嘛，還是大明星呢。可話已經說出來了，橡皮也擦不掉。那就等著人家狂毆唄。活該了。小艾只好端起可樂，叼著吸管，咬住了，慢慢地吸。田滿的臉又紅了，也叼住了吸管，用他潮濕的、明亮的，同時也是羞怯的目光盯著小艾，輕聲說：「這我要想想。」

小艾頓時就鬆了一口氣，不敢動。田滿放下可樂，說：「我在班裡頭有兩個哥哥，四個弟弟。七班有兩個姊姊。十二班有三個妹妹。十五班還有一個舅舅。舅媽是兩個，大舅媽在高二（六），小舅媽在高一（十）。」

「單位」裡的人事複雜，小艾是知道的，然而，複雜到田滿這樣的地步，還是少有。這種複雜的局面是從什麼時候開始的呢，小艾不知道，想來已經有些日子了。小艾就知道一進入這所最著名的中學，他們這群小公雞和小母雞就不行了，表面上安安靜靜的，私底下癲瘋得很，迅速開始了「新生活運動」。什麼叫「新生活運動」呢？往簡單裡說，就是「恢復人際」。——既然未來的人生注定了清湯寡水，那麼，現在就必須讓它七葷八素。他們結成了兄弟，姊妹，兄妹，姊弟。他們得聯盟，必須進行兄弟、姊妹的大串聯。這還不夠，接下來又添上了夫妻，姑嫂，叔嫂，連襟，妯娌和子舅等諸多複雜的關係，舉一個例子，一個小男生，只要他願意，平白無故的，他在校園裡就有了哥哥、弟弟、嫂子、弟媳、姊姊、妹妹、姊夫、妹婿、老婆、兒子、女兒、兒媳、女婿、伯伯、叔叔、姑姑、嬸嬸、舅舅、舅媽、姨母、姨父、丈母娘、丈母爹、小姨子和舅老爺。這是奇蹟。溫馨哪，迷人哪。亂了套了。嗨，亂吧。

田滿望著小艾，打定主意了，神態莊重起來。田滿說：「你首先要保證，你只能有我一個兒子。」

這一回輪到小艾愣住了。她在愣住了的同時如釋重負。然而，有一點小艾又弄不明白了，他田滿正忙於「新生活運動」，吼巴巴地在「單位」裡結識了那麼多的兄弟、姊妹，怎麼事到了臨頭，他反過來又要當「獨子」了。

小艾說：「那當然。基本國策嘛。」

深夜零點，小艾意外地收到了一封短信，田滿發來的。短信說：「媽，我休息了，你也早點睡。兒子。」這孩子，這就孝順了。小艾闔上物理課本，在夜深人靜的時分端詳起田滿的短信，想笑。不過小艾立即就摩拳擦掌，進入角色了。順手摁了一行「乖，好好睡，做個好夢。媽。」打好了，小艾凝視著「媽」這個字，多少有點兒不好意思。還是不發了吧。就這麼猶豫著，手指頭卻已經摁下去了。小艾還沒有來得及後悔，兒子的短信又來了，十分露骨、十分直白的就是兩個字：

「吻你。」

小艾望著彩屏，不高興了，決定給田滿一點兒顏色看看。小艾在彩屏上寫道：「我對你可是一腔的母～愛哦」，後面是九個驚嘆號，一排，是皇家的儀仗，也是不可僭越的柵欄。

出乎小艾的意料，田滿的回答很乖。田滿說：「謝謝媽。」

小艾原打算再補回去一句的，卻不知道如何下手了。她再也沒有想到九尺身高的田滿居然會是這麼一個纏綿的東西。可這件事到底是她挑起來的，也不好過分。看起來她這個媽是當定了。她就把兩個人的短信翻過來看，一遍又一遍的，心裡頭有點怪怪的了。有些難為情，有些惱，有些感動，也生氣，還溫馨。不知道怎麼說才好。

田滿的扣籃是整個籃球場上最為壯麗的動態，小艾想到了一個詞，叫「呼嘯」。田滿每一次扣籃都是呼嘯著把球灌進籃框的。他能生風。必須承認，一踏上球場，害羞的菜鳥無堅不摧。這是田滿最為迷人的地方，這同樣也是小艾做為一個母親最為自豪的地方。其實小艾並沒有認認真真地看過校籃球隊打球，但是，現在不一樣了，兒子在籃球館裡一柱擎天，她不能不過來看看。看起來喜歡兒子的女生還真不少，只要田滿一得分，丫頭們就尖叫，誇張極了。小艾看出來了，她們如此尖叫，目的只有一個，就是想讓兒子注意她。兒子一定是聽到了，卻聽而不聞。他誰也不看。在球場上，兒子的驕傲與酷已經到了驚風雨、泣鬼神的地步，絕對是巨星的風采。這就對了嘛，可不能讓這些瘋丫頭鬼迷了心竅。小艾的心裡湧上了說不出來的滿足和驕傲，故意瞇起了眼睛，沿著電視劇的思路，小艾想像著自己有了很深的魚尾紋，想像著自己穿著小開領的春秋衫，頂著蒼蒼的白髮，剪得短短的，齊耳，想像著自己一個人把田滿拉扯到這麼大了，不容易了。突然有些心酸，更多的當然還是自得。悲喜交加的感覺原來不錯，像酸奶，酸而甜。難怪電視一到這個時候音樂就起來了。音樂是勢利的，它就會鑽空子，然後，推波助瀾。

小艾沒有尖叫。她不能尖叫，得有當媽的樣子。小艾站得遠遠的，瞇著眼睛，不停地捋頭髮，盡情享受著一個孤寡的（為什麼是孤寡的呢？小艾自己也很詫異）中年婦女對待獨子的款款深情。你們就叫吧，叫得再響也輪不到你做我的兒媳婦，咱們家的田滿可看不上你們這些瘋丫頭。

「媽，我休息了，你也早點兒睡。兒子。」
「乖，好好睡。做個好夢。媽。」
「吻你。」
「我也吻你。」
「謝謝媽。」

每天深夜的零點，在一個日子結束的時分，在另外一個日子開始的時分，這五條短信一定會飛揚在城市的夜空。在時光的邊緣，它們繞過了摩天大樓、行道樹，它們繞過了孤寂的、同時又還是斑斕的燈火，最終，成了母與子虛擬的擁抱。它們是重複的，家常了。卻更是儀式。這儀式是張開的臂膀，一頭是昨天，一頭是今天；一頭是兒子，一頭是母親。絕密。

小艾當然不可能把她和田滿的事告訴喬韋。然而，小艾忽略了一點，一個人如果患上了單相思，他的鼻子就擁有上天入地的敏銳，這是任何高科技都不能破解的偉大祕籍。就在寧海路和頤和路的交界處，喬韋把他的自行車架在了路口，他的表情用四個字就可以概括了，面無人色。原來嫉妒是可以改變一個人的長相的，喬韋今天的長相就很成問題，很愚昧。他很猙獰。

小艾剛到，喬韋就把小艾堵住了。小艾架好自行車，還沒有來得及說話，就看見喬韋突然弓了腰，用鏈條鎖把兩輛自行車的後輪捆在了一起。喬韋很激動。他的手指與胳膊特別地激動。鏈條被他套了一圈又一圈，最後，套牢了。

兩個人都是絕頂聰明的，一個望著自行車，心知肚明了。

這時候走過來一個交通警，他繞過了自行車，歪著腦袋問喬韋：「這個好玩嗎？這樣有用嗎？」

小艾抱起了胳膊，拉下臉來。「關你什麼事！你們家夫妻不吵架？」

交通警望望他倆，又望望自行車，想笑，卻繃住了，十分誠懇地告訴小艾：「吵。可我們不在大街上吵。」

「那你們在哪裡吵？」

「我們只在家裡吵。」

「這個我會。」小艾伸出一隻手，說：「給我鑰匙。——我們現在就到你們家吵去。」

交通警知道了，撞上祖宗了。她是姑奶奶。交通警到底沒繃住，笑了，替他們把綁在一起的自行車挪到一邊，行了一個軍禮，說：「差不多就行了哈，咱們家夫妻吵架也就兩三分鐘。快點吵，哈！馬上就高峰了。」

下午第二節課的課後，小艾收到了田滿的短信，他想在放學之後「和媽媽一起共進早餐」。你瞧這孩子，什麼事都粗枝大葉，「晚飯」硬是給他打成「早餐」了，將來高考的時候怎麼得了哦。愁人哪。見面之後要好好說說他。說歸說，吃飯的事小艾一口回絕了。小艾是一個把金錢看得比鮮血還要瑰麗的女人，她是當媽的，和兒子吃飯總不能Go Dutch（AA制）吧，只能放血。放血的事小艾不做。打死也不做。

不過小艾最終還是去了。說起來極不體面，是被兩個小女生騙過去的。她們假裝在放學的路上巧遇小艾，然後就「久仰久仰」了。「久仰」過了就是「崇敬」，「崇敬」完了就想「請她吃頓飯」，主要是想「親耳聆聽」一下她的「教誨」。小艾喜孜孜的，十分矜持地來到肯德基，田滿已經安安穩穩地等在那裡了。小艾一到，兩個小嘍囉把小艾丟在田滿的面前，走人。小艾氣瘋了，非常非常地生氣。這麼一個小小的伎倆她都沒有識破，利令智昏哪！就為了一點可憐的虛榮，當然，還有一份可憐的漢堡，丟人了。但是再丟人小艾也不能批評自己，她厲聲責問田滿，為什麼要採用這種「下三濫的手段」?!田滿什麼也不說，卻從口袋裡掏出一樣東西，放在了桌面上。他用他的長胳膊一直推到小艾的面前，是一張面值一百元的移動電話充值卡。田滿小聲說：「這是兒子孝敬媽的。」小艾拿起充值卡，刮出密碼，劈里啪啦就往手機上摁。手機最後說：「你已成功充值一百元！」小艾的臉上立即蕩漾起了春天的風，她把腦袋伸到田滿的眼前，慈祥了，嫵媚了，問：「想吃什麼呢兒子，媽給你買。」

「我又有了一個妹妹。」田滿小聲說。

噢——，又有妹妹了。春風還在小艾的臉上，卻已經不再蕩漾。他又有了一個妹妹了，他這樣的「哥哥」一輩子也缺不了「妹妹」的。不過小艾還是從田滿的臉上看出來了，這個「妹妹」不同尋常，絕對不是通常意義上的「妹妹」。

小艾突然就感到自己有些不自然，雖說是「當媽的」，小艾自己也知道，她吃醋了。也許還有些後悔。當初如果不給他「當媽」，田滿會不會追自己呢？難說了。如果追了，拒絕他是一定的。可是，拒絕是一個問題，沒能拒絕成卻是一個更加嚴峻的問題。

小艾還沒有練就「臉不變色」的功夫，乾脆就把臉上的春風趕走了。小艾板起面孔，問：「叫什麼？」

「Monika。」

——Monika。到底是大明星，「找妹妹」也要走國際化的道路。「恭喜你了。」

田滿想說什麼，小艾哪裡還有聽的心思，掉頭就走。排隊的時候小艾回頭瞄了一眼田滿，田滿托住了下巴，失落得很，一臉的憂鬱。看起來十有八九是單相思了。小艾想，不知道 Monika 是怎樣的人物，能讓田滿失魂落魄到這樣的地步，不是一般的蔻。

吃薯條的時候田滿又把話題引到「妹妹」那兒去了。他一邊蘸著番茄醬，一邊慢悠悠地說：「我妹妹——」小艾立即用她的巴掌把田滿的話打斷了。小艾說：「田滿，不說這個好不好？媽不想聽這些事。」

田滿就不說了。「悶」在了那裡。小艾承認，田滿憂戚的面容實在是動人的，教人心疼。小艾伸出手去撫摸的心思都有了。

「Monika——」

「田滿！不聽話是不是？」

喬韋就在這個時候闖進來了，一進來就坐在了小艾的身邊。是劍膽琴心的架勢。田滿丟下薯條，吮過指頭，剎那之間就恢復大明星的本色。田滿慢悠悠地闔上眼皮，再一次打開的時候附帶掃了一趟喬韋。那神情不屑了。田滿問小艾：「誰呀？」

小艾的心情已經糟透了，喬韋這麼一攪，氣就更不打一處來。小艾沒好氣地說：「你爹。」

田滿右邊的嘴角緩緩地吊上去了。他的不屑很歪。田滿說：「我和我媽吃飯，沒你的事，給我馬上走人。」

喬韋是「爹」，理直而又氣壯。喬韋說：「我和我老婆說話，沒你的事，你給我馬上走人。」

田滿站起來了。喬韋也站起來了。

小艾也只好站起來。小艾說：「你們打吧。什麼時候打好了什麼時候出來。」

也就是兩三分鐘，田滿和喬韋出來了。他們是一起走出來的，肩並著肩。小艾坐在肯德基門前的臺階上，這刻兒已是說不出的沮喪。她不想再聽到任何動靜，已經用MP3把耳朵塞緊了。張韶涵〈隱形的翅膀〉還沒有聽完，田滿已經坐在她的左側，而喬韋也坐在了她的右側。小艾拔出耳機，說：「怎麼不打呢？多威風哪剛才。」

「不存在。」喬韋說，「我是你老公，他是你兒子。」

田滿說：「我們已經是兄弟了。」

兩個男人夾著一個女人，就在肯德基門前的階梯上並排坐著了，一側是夫妻，一側是母子，兩頭還夾著一對兄弟。誰也不說一句話。無論如何，今天的局面混亂了，有一種理不出頭緒的蒼茫。田滿，小艾，還有喬韋，三個人各是各的心思，傻坐著，一起望著馬路的對面。馬路的對面是一塊工地，是一幢尚未竣工的摩天樓。雖未竣工，卻已經拔地而起了。腳手架把摩天樓捆得結結實實的，無數把焊槍正在焊接，一串一串的焊花從黃昏的頂端飛流直下。焊花稍縱即逝，卻又前仆後繼，照亮了摩天大樓的內部，擁擠、錯綜，說到底又還是空洞的景象。像迷宮。

當天夜裡小艾的手機再也沒有收到田滿的短信。小艾措手不及，可以說猝不及防。小艾的手機一直就放在枕頭的旁邊，在等。可是，直到凌晨兩點，枕頭也沒有顫動一下。小艾只好翻個身，又睡了。其實在上床之前小艾想把短信發過去的，都打好了，想了想，沒發。他又有妹妹了，還要她這個老娘做什麼？說小艾有多麼傷心倒也不至於，但小艾的寥落和寡歡還是顯而易見的了，一連串的夢也都是恍恍惚惚的，就好像昨天一直沒有過去，而今天也一直還沒有開始。可是，天亮了。小艾醒來之後從枕頭的下面掏出手機，手機空空蕩蕩。天亮了，像說破了的謊。

小艾一廂情願地認為，田滿在「三八」婦女節的這天會和她聯繫。就算他戀愛了，對老媽的這點孝心他應該有。但是，直到放學回家，手機也沒有出現任何有價值的消息——看起來她和田滿的事就這樣了。「三八」節是所有高中女人最為重大的節日，不少女人都能在這一天收到男士們的獻花。說到底獻花和「三八」沒有一點兒關係，它是情人節的延續，也可以說是情人節的一個變種。一個高中女人如果在情人節的這一天收到鮮花，它的動靜太大，老師們，尤其是家長們，少不了會有一番問。「三八」節就不同了，手捧著鮮花回家，父親問：「哪來的？」答：「男生送的！」問：「送花做什麼？」答：「——嗨，『三八』節嘛！」做父親的這時候就釋然了：「你看看現在的孩子！」完了。還有一點也格外重要，情人節送花會把事態弄得過於死板，它的主題思想或段落大意太明確、太直露了，反而會教人猶豫：送不送呢？人家要不要呢？這些都是問題。選擇「三八」節這一天向婦女們出手，來來往往都大大方方。

小艾的「三八」節平淡無奇，就這麼過去了。依照小艾的眼光看來，「三八」節是她和田滿最後的期限，如果過去了，那就一定過去了。吃晚飯的時候小艾和她的父母坐在一張飯桌上，突然想起了田滿，一家子三口頓時就成了茫茫人海。Monika 厲害，厲害啊！

過去吧，就讓它過去吧，小艾對自己說。對高中的女人們來說，日子是空的，說到底也還是實的，每一個小時都有它匹配的學科。課堂，課堂，課堂。作業，作業，作業。考試，考試，考試。兒子，再見了。但是，一到深夜，在一個日子結束的「那個」時刻，在另外一個日子開始的「那個」時分，小艾還是清清楚楚地看見了時光的裂痕。這裂痕有的時候比手機寬一點，有的時候比手機窄一點，需要「咔嚓」一下才能過得去。不過，說過去也就過去了。兒子，媽其實是喜歡你的。乖，睡吧。做個好夢。Over。

後來的日子裡小艾只在上學的路上見過一次田滿，一大早，田滿和籃球隊的隊員正在田徑場上跑圈。小艾猶豫再三，還是立住了，遠遠的，站了十幾秒鐘。田滿的樣子很不好，耷拉著腦袋，垂頭喪氣的樣子，晃晃悠悠地落在隊伍的最後。小艾意外地發現，在田滿晃悠的時候，他漫長的身軀是那樣的空洞，只有兩條沒有內容的衣袖，還有兩條沒有內容的褲管。就在跑道拐彎的地方，田滿意外地抬起頭來，他們相遇了。相隔了起碼有一百米的距離。他們彼此都看不見對方的眼睛，但是，一定是看見了，田滿在彎道上轉過來的腦袋說明了這個問題。田滿並沒有揮手，小艾也就沒有揮手。到了彎道與直道的連接處，田滿的脖子已經轉到了極限，只好回過頭去了。田滿這一次的回頭給小艾留下了極其難忘的印象，是一去不復返的樣子，更是難捨難分的樣子。小艾記住了他的這個回頭，他的看不見的目光比他的身軀還要空洞。孩子瘦了。即使相隔了一百米，小艾也能看見田滿的眼窩瘦成了兩個黑色的窟窿。再不是失戀了吧。不會吧。小艾望著田滿遠去的背影，脹滿了風。小艾牽掛了。小艾捋了捋頭髮，早晨的空氣又冷又潮。兒行千里母擔憂啊。

小艾掏出了手機，想給他發個短信，問問。想了想，最終還是她的驕傲占據了上風。卻把她的短信發到喬韋那邊去了：老公，兒子似乎不太好，你能不能抽空和他談談？

就在進教室的時候，喬韋的回話來了：還是你談吧，你是當媽的嘛。

小艾走到座位上去，把門外的冷空氣全帶進來了。她關上手機，附帶看了一眼喬韋。喬韋在眨眼睛，在背單詞。小艾的這一眼被不少小叔子看在了眼裡。小叔子們知道了，女人在離婚之前的目光原來是這樣的。只有喬韋還蒙在鼓裡。你還眨什麼眼睛噢，你還背什麼單詞噢，嫂子馬上就要回到人民的懷抱啦！

田滿的出現相當突兀，是四月的第一個星期三。夜間零點十七分，小艾已經上床了，手機突然蠕動起來，嚇了小艾一大跳。小艾一摁鍵，「咣噹」一聲就是一封短信，是一道行動指令：「噓——走到窗前，把腦袋伸出來，朝樓下看。」

小艾走到窗前，伸出了腦袋，一看，路燈下面孤伶伶的就是一個雞窩頭。那不是田滿又是誰呢。田滿並沒有抬頭，似乎還在寫信。田滿最終舉起了手機，使用遙控器一樣，對準小艾家的窗戶把他的短信發出去了。小艾一看，很撒嬌的三個字：媽，過來。

小艾喜出望外，躡手躡腳的，下樓了，一直走到路燈的底下。田滿的上身就靠在了路燈的杆子上，兩隻手都放在身後。他望著小艾，在笑。小艾背著手，也笑。也許是因為路燈的關係，田滿的臉色糟糕得很，近乎土灰，人也分外的疲憊，的確是瘦了。小艾猜出來了，她的兒子十有八九被 Monika 甩了，深更半夜的，一定是到老媽這裡尋求安慰來了。好吧，那就安慰安慰吧，孩子沒爹了，怎麼說也得有個媽。不過田滿的心情似乎還不錯，變戲法似的，手一抬，突然從背後抽出了一束花，有點兒蔫，一直遞到了小艾的跟前。小艾笑笑，猶豫了片刻，接過來了。放在鼻子的下面，清一色是康乃馨。

「你怎麼知道我住在這兒？」小艾問。

「我昨天就派人跟蹤了。」

小艾嘆了一口氣，唉，這孩子，改不了他的「下三濫」。

「近來好不好？」小艾問。

「好。」

「Monika 呢？」小艾問，「你的，Monika 妹妹，好不好？」

「好。」田滿說。田滿這個晚上真是變戲法來了，手一抬，居然又掏出一張相片來了，是一個嬰兒，混血，額頭鼓到了不可思議的地步。

「誰呀這是？」小艾不解地問。

「Monika。我媽剛生的，才四十來天。」

「——你媽在哪兒？」

田滿用腳後跟點了點地面，說：「那邊。」世界「嘩啦」一下遼闊了，循環往復，無邊無垠。田滿猶豫了片刻，說，「我四歲的時候她就跟過去了。」

小艾望著田滿，知道了。「是這樣。」小艾自言自語說，「原來是這樣。」

小艾望著手裡的康乃馨，不停地點頭，不知道說什麼好了。小艾說——「花很好。媽喜歡。」

小艾就是在說完「媽喜歡」之後被田滿攬入懷中的，很猛，十分地莽撞。小艾一點兒準備都沒有。小艾一個踉蹌，已經被田滿的胸膛裹住了。田滿埋下腦袋，把他的鼻尖埋在小艾的頭髮窩裡，狗一樣，不停地嗅。田滿的舉動太冒失了，小艾想把他推開。但是，小艾沒有。就在田滿對著小艾的頭髮做深呼吸的時候，小艾心窩子裡頭晃動了一下，軟了，是疼，反過來就把田滿抱住了，摟緊了。小艾的心中湧上來一股浩大的願望，就想把兒子的腦袋摟在自己的懷裡，就想讓自己的胸脯好好地貼住自己的孩子。可田滿實在是太高了，他該死的腦袋遙不可及。

深夜的擁抱無比地漫長，直到小艾的後背被一隻手揪住了。小艾的身體最終是從田滿的身上被撕開的。是小艾的父親。小艾不敢相信父親能有這樣驚人的力氣，她的身體幾乎是被父親「提」到了樓上。「謝樹達，你放開我！」小艾在樓道裡尖聲喊道，「謝樹達，你放不放開我?!」小艾的尖叫在寂靜的夜間嚇人了，

「——他是我兒子！——我是他媽！」

二〇〇七年第五期《鍾山》

彩虹

虞積藻賢慧了一輩子，忍讓了一輩子，老了老了，來了個老來俏，壞脾氣一天天看漲。老鐵卻反了過來，那麼暴躁、那麼霸道的一個人，剛到了歲數，麵了，沒脾氣了。老鐵動不動就要對虞積藻說：「片子，再撐幾年，晚一點死，你這一輩子就全撈回來了。」虞積藻是一個六十一歲的女人，正癱在床上。年輕的時候，人家還漂亮的時候，老鐵粗聲惡氣地喊人家「老婆子」。到了這一把歲數，老鐵改了口，反過來把他的「老婆子」叫成了「片子」，有些老不正經了，聽上去很難為情。但難為情有時候就是受用，虞積藻躺在床上，心裡頭像少女一樣失去了深淺。

老鐵和虞積藻都是大學裡的老師，屬於「高級知識分子」，當然了，退了。

要說他們這一輩子有什麼建樹，有什麼成就，除了用「桃李滿天下」這樣的空話去概括一下，別的也說不上什麼。但是，有一樣是值得自豪的，那就是他們的三個孩子，個個爭氣，都是讀書和考試的高手。該成龍的順順當當地成了龍，該成鳳的順順當當地成了鳳，全飛了。大兒子在舊金山，二兒子在溫哥華，最小的是一個寶貝女兒，這會兒正在慕尼黑。說起這個寶貝疙瘩，虞積藻可以說是銜在嘴裡帶大的。這丫頭要腦子有腦子，要模樣有模樣，少有的。虞積藻特地讓她跟了自己，姓虞。虞老師一心想把這個小棉襖留在南京，守住自己。可是，就是這樣的一個小棉襖，現在也不姓虞了，六年前人家就姓了弗朗茨。

退休之後老鐵和虞積藻一直住在高校內，市中心，五樓，各方面都挺方便。老鐵比虞積藻年長七歲，一直在等虞積藻退下來。老頭子早就發話了，閒下來之後老兩口什麼也不幹，就在校園裡走走，走得不耐煩了，就在「地球上走走」。老鐵牛啊，底氣足，再磅礴的心思也能用十分家常的語氣表達出來。「在地球上走走」，多麼的灑脫，多麼的從容，這才叫老夫聊發少年狂。可是，天不遂人願，虞積藻摔了一跤，腿腳都好好的，卻再也站不起來了。老鐵從醫院一出來斑白的頭髮就成了雪白的頭髮，又老了十歲，再也不提地球的事了。當機立斷，換房子。

老鐵要換房子主要的還是為了片子。片子站不起來了，身子躺在床上，心卻野了，一天到晚不肯在樓上待著，叫囂著要到「地球上去」。畢竟是五樓，老鐵這一把年紀了，並不容易。你要是慢了半拍，她就閉起眼睛，捶著床沿發脾氣，有時候還出粗口。所以，大部分的時候，滿園的師生都能看見鐵老師頂著一頭雪白的頭髮，笑咪咪地推著輪椅，四處找熱鬧。這一年的冬天雨雪特別多，老鐵的關節不好，不方便了。這一下急壞了虞積藻，大白天躺在床上，睡得太多，夜裡睡不著，脾氣又上來了，凌晨一點多鐘要「操」老鐵的「媽」。老鐵光知道笑，說：「哪能呢。」虞積藻心願難遂，便開始叫三個孩子的名字，輪換著來。老鐵知道，老太婆這是想孩子了。老鐵到底是老鐵，骨子裡是個浪漫人，總有出奇制勝的地方。他買來了四只石英鐘，把時間分別撥到了北京、舊金山、溫哥華和慕尼黑，依照地理次序掛在了牆上。小小的臥室弄得跟酒店的大堂似的。可這一來更壞了，夜深人靜的，虞積藻盯著那些時鐘，動不動就要說「吃午飯了」、「下班了」、「又吃午飯了」。她說的當然不是自己，而是時差裡的孩子們。老鐵有時候想，這個片子，別看她癱在床上，一顆不老的心可是全球化了呢。這樣下去肯定不是事。趁著過春節，老鐵拿起了無繩電話，撥通了慕尼黑、舊金山和溫哥華。老鐵站在陽臺上，叉著腰，用洪亮的聲音向全世界莊嚴宣布：「都給我回來，給你媽買房子！」

老鐵的新房子並不在底樓，更高了。是「羅馬假日廣場」的第二十九層。兒女們說得對，雖然更高了，可是，只要坐上電梯，順著電梯直上直下，反而方便了，和底樓一個樣。

虞積藻住上了新房，上下樓容易了，如果坐上電動輪椅，一個人都能夠逛街。可虞積藻卻不怎麼想動，一天到晚悶在二十九樓，盯著外孫女的相片，看。一看，再看，三看。外孫女是一個小雜種，好看得不知道怎麼誇才好，還能用簡單的漢語罵髒話，都會說「媽媽×」了。可愛極了。小東西是個急性子，一急德國話就衝出來了，一梭子一梭子的。虞積藻的英語是好的，德語卻不通。情急之下只能用英語和她說話，這一來小東西更急，本來就紅的小臉漲得更紅，兩隻肉嘟嘟的小拳頭在一頭鬈髮的上空亂舞，簡直就是小小的「希特勒」。還流著口水「媽媽×」。虞積藻也急，只能抬起頭來，用一雙求援的目光去尋找「翻譯」——這樣的時候虞積藻往往是心力交瘁。這哪裡是做外婆啊，她虞積藻簡直就是國務院的副總理。

外孫女讓虞積藻悲喜交加。她一走，虞積藻安靜下來了，靜悄悄學起了德語。老鐵卻有些不知所措。老鐵早已經習慣了虞積藻的折騰，她不折騰，老鐵反而不自在，丹田裡頭就失去了動力和活力。房子很高，很大，老鐵的不知所措就被放大了，架在了高空，帶上了天高雲淡的色彩。怎麼辦呢？老鐵就趴在陽臺上，打量起腳底下的車水馬龍。它們是那樣地遙遠，可以說深不可測。華燈初上的時候，馬路上無比地斑斕，都流光溢彩了。老鐵有時候就想，這個世界和他已經沒有什麼關係了，真的沒什麼關係了。他唯一能做的事情就是看看，站得高高的，遠遠的，看看。嗨，束之高閣嘍。

高鐵站在陽臺上，心猿意馬，也可以說，天馬行空。這樣的感覺並不好。但是進入暑期不久，情形改變了，老鐵有了新的發現。由於樓盤是「凸」字形的，藉助於這樣一種特定的幾何關係，老鐵站在陽臺上就能夠看隔壁的窗戶了。窗戶的背後時常有一個小男孩，趴在玻璃的背後，朝遠處看。老鐵望著小男孩，有時候會花上很長的時間，但是，很遺憾，小傢伙從來都沒有看老鐵一眼，似乎並沒有注意到老鐵的存在。也是，一個老頭子，有什麼好看的呢。小傢伙只是用他的舌尖舔玻璃，不停地舔，就好像玻璃不再是玻璃，而是一塊永遠都不會融化的冰糖，甜得很呢。老鐵到底不甘心，有些孩子氣了，也伸出舌頭舔了一回，寡味得很。有那麼一回小男孩似乎朝老鐵的這邊看過一眼，老鐵剛剛想把內心的喜悅搬運到臉上，可還是遲了，小傢伙卻把腦袋轉了過去，目光也挪開了。小男孩有沒有看自己，目光有沒有和自己對視，老鐵一點把握也沒有。這麼一想老鐵就有些悵然若失，好像還傷了自尊，關鍵是，失去了一次難得的機遇。是什麼樣的機遇呢？似乎也說不出什麼來。老鐵咳嗽了一聲，在咳嗽的時候老鐵故意使了一點力氣，聲音大了，卻連帶出一口痰。老鐵不想離開，又不好意思在二十九層的高度吐出去，只能含在嘴裡。正好虞積藻使喚他，老鐵答應一聲，一不留神，滑回到嗓子裡了。

夜裡頭老鐵突然想起來了，自己有一架俄羅斯的高倍望遠鏡，都買了好幾年了。那時候老鐵一門心思「到地球上走走」，該預備的東西早已經齊全了，悲壯得很，是一去不復返的心思，卻一直都沒用上。估計再也用不上了。一大早老鐵就從櫃子裡把望遠鏡翻了出來，款款走上了陽臺。小男孩卻不在。老鐵把高倍望遠鏡架到鼻梁上去，挺起了胸膛，像一個將軍。他看到了平時根本就看不見的廣告牌，他還看到了平時從來都沒有見過的遠山。其實這沒有什麼，這些東西本來就在那兒，可老鐵的心胸卻突然浩蕩起來，像打了一場勝仗，完全是他老鐵指揮有方。

打完了勝仗，老鐵便低下頭，把高倍望遠鏡對準了馬路，馬路都飄浮起來了，汽車和路人也飄浮起來了，水漲船高，統統來到了他的面前，這正是老鐵喜聞樂見的。出於好奇，老鐵把望遠鏡倒了一個圈，地球「咣噹」一聲，陷下去了，頓時就成了萬丈深淵，人都像在波音七七七的窗口了。望遠鏡真是一個魔術師，它撥弄著距離，撥弄著遠和近，使距離一下子有了彈性，變得虛假起來，卻又都是真的。老鐵親眼看見的。老鐵再一次把望遠鏡倒過來，慢慢地掃視。讓老鐵嚇了一大跳的事情就是在這個時候發生了，小男孩突然出現在他的高倍望遠鏡裡，準確地說，出現在他的面前，就在老鐵的懷裡，伸手可觸。老鐵無比清晰地看見了小男孩的目光，冷冷的，正盯著自己，在研究。這樣的遭遇老鐵沒有預備。他們就這麼相互打量著，誰也沒有把目光移開。隨著時間的推移，老鐵都不知道怎樣去結束這個無聊的遊戲了。

當天的夜裡老鐵就有了心思，他擔心小男孩把他的舉動告訴他的父母。拿望遠鏡偷偷地窺視一個年輕夫婦的家庭，以他這樣的年紀，以他這樣的身分，傳出去很難聽的。說變態也不為過。無論如何不能玩了。高倍望遠鏡無論如何也不能再玩了。

老鐵好幾天都沒有上陽臺。可是，不上陽臺，又能站在哪兒呢？老鐵到底憋不住，又過去了。小男孩不在。然而彷彿約好了一樣，老鐵還沒有站穩，小傢伙就在窗戶的後面出現了。這一次他沒有吃冰糖，而是張開嘴，用他的門牙有節奏地磕玻璃，一會兒快，一會兒慢，像打擊樂隊裡的鼓手。就是不看老鐵，一眼都不看。這個小傢伙，有意思得很呢。老鐵當然是有辦法的，利用下樓的工夫，順便從超市裡帶回來一瓶泡泡液。老鐵來到陽臺上，拉開玻璃，一陣熱浪撲了過來。可老鐵顧不得這些了，他頂著炎熱的氣浪，吹起了肥皂泡。一串又一串的氣泡在二十九層的高空飛揚起來。氣泡漂亮極了，每一個氣泡在午後的陽光裡都有自己的彩虹。這是無聲的喧囂，節日一般熱烈。小男孩果然轉過了腦袋，專心致志地，看著老鐵這邊。老鐵知道小男孩在看自己了，骨子裡已經參與到這個遊戲中來了，老鐵卻故意做出一副渾然不覺的樣子。老鐵很快樂。然而，這樣的快樂僅僅維持了不到二十分鐘。十來分鐘之後，小男孩開始了他冒險的壯舉，他拉開窗門，站在了椅子上，對著老鐵家的陽臺同樣吹起了肥皂泡。這太危險，實在是太危險了。老鐵的小腿肚子都軟了，對著小男孩做出了嚴厲同時又有力的手勢。可小傢伙哪裡還會搭理他，每當他吹出一大串的泡泡，他都要對著老鐵瞅一眼。他的眼神很得意，都挑釁了。老鐵趕緊退回房間，怕了。這個小祖宗，不好惹。

老鐵決定終止這個小東西的瘋狂舉動。他來到隔壁，用中指的關節敲了半天，防盜門的門中門終於打開了，也只是一道小小的縫隙。小男孩堵在門縫裡，脖子上掛了兩把鑰匙，兩隻漆黑的瞳孔十分地機警，盯著老鐵。小男孩很小，可樣子有些滑稽，頭髮是三七開的，梳得一絲不苟，白襯衫，吊帶褲，像一個小小的大學教授，也可以說，像一個小小的洋場惡少。小男孩十分老氣地問：「你是誰？」老鐵笑笑，蹲下去，指著自己的一張老臉，說：「我就是隔壁陽臺上的老爺爺。」小男孩認出老鐵了，說：「你要幹什麼？」老鐵說：「不幹什麼，你讓我進去，我幫你把窗前的椅子挪開——那樣不好，太危險了。」小男孩說：「不行。」老鐵說：「為什麼？」「我媽說了，不許給陌生人開門。」小傢伙的口頭表達相當好，還會說「陌生人」，每一句話都說得準確而又完整。老鐵的目光越過小男孩的肩膀，隨便瞄了一眼，家境不錯，相當不錯，屋子裡的裝潢和擺設在這兒呢。老鐵說：「你叫什麼名字？」小男孩避實就虛，反問了一句：「你叫什麼名字？」老鐵伸出一隻巴掌，一邊說話一邊在掌心裡比畫，「我呢，姓鐵，鋼鐵的鐵，名字就一個字，樹，樹林的樹。你呢？」小男孩對著老鐵招了招手，要過老鐵的耳朵，輕聲說：「我媽不讓我告訴陌生人。」「你媽呢？」「出去了。」老鐵笑笑，說：「那你爸呢？」小男孩說：「也出去了。」老鐵說：「你怎麼不出去呢？」小男孩看了老鐵一眼，說：「我爸說了，我還沒到掙錢的時候。」老鐵笑出了聲來。這孩子逗，智商不低，老鐵一下子就喜歡上了。老鐵說：「一個人在家幹什麼？這你總可以告訴我了吧。」老鐵光顧了笑，一點都沒有意識到自己的笑容裡面充滿了巴結和討好的內容。小男孩很不客氣地看了老鐵一眼，「咚」地一聲，把門中門關死了。小男孩在防盜門的後面大聲說：「幹什麼？有什麼好幹的？生活真沒勁！」你聽聽，都後現代了，還飽經風霜了還。

老鐵沒有再上陽臺。這樣的孩子老鐵是知道的，人來瘋。你越是關注他，他越是來勁，一旦沒人理會，他也就洩了氣。果真是這樣。老鐵把自己藏在暗處，只是一會兒，小傢伙就從椅子上撤退了，重新拉好了玻璃窗。老鐵鬆了一口氣。老鐵注意到小傢伙又開始用他的小舌頭舔玻璃了。他舔得一五一十的，特別地仔細，像一個小動物，同樣的一個動作他可以不厭其煩地重複一個上午，一點厭倦的意思都沒有。舔完了，終於換花樣了，開始磕。老鐵也真是無聊透頂，居然在心裡頭幫他數。不過，這顯然不是一個好主意，剛過了四百下，老鐵居然把自己的瞌睡給數上來了。老鐵揉揉自己的眼睛，對自己說：「你慢慢磕吧，我不陪了，我要迷瞪一會兒了。」

電話來得有些突然，老鐵的午覺只睡了一半，電話響了。老鐵家的電話不多，大半是國際長途，所以格外地珍貴。老鐵下了床，拿起話筒，連著「喂」了好幾聲，話機裡頭卻沒有任何動靜。老鐵看了一眼虞積藻，虞積藻也正看著他。虞積藻闔上手裡的德語教材，探過身子，問：「誰呀？」老鐵就大聲地對著話筒說：「誰呀？」虞積藻急了，又問：「小棉襖嗎？」老鐵只能對著話筒再說：「小棉襖嗎？」

電話卻掛了。這個中午的電話鬧鬼了，不停地響，就是沒有回音。響到第九遍，電話終於開口了：「猜出來我是誰了吧？」老鐵正色說：「你是誰？」電話裡說：「把你的泡泡液送給我吧。」「你到底是誰？」老鐵緊張地問。

「我的聲音你都聽不出來？」電話奶聲奶氣地說，「我就在你家旁邊。」

老鐵的眼皮翻了半天，聽出來了。其實老鐵早就聽出來了，只是不敢相信。

他迅速地瞄了一眼虞積藻，虞積藻的整個身子都已經側過來了，顯然，老鐵的臉色和他說話的語氣讓她十分地不安。她搶著要接電話。老鐵擺了擺手，示意她不要添亂。老鐵小聲說：「你怎麼知道這個號碼的？」

「我打電話給114問羅馬假日廣場鐵樹家的電話號碼，114告訴我二十二號服務員為您服務，請記錄64679521，64679521。」

這孩子聰明，非常聰明。老鐵故意拉下臉，說：「你想幹什麼？」

「我的泡泡液用光了，你把你的送給我。」

「你不讓我進你的家門。」

「你從門口遞給我。」

老鐵認真地說：「那不行。」

「那我到你們家去拿好不好呀？」

老鐵咬住了下嘴唇，思忖了片刻，故做無奈，說：「好吧。」

老鐵掛了電話，突然有些振奮，搓起了手。反覆地搓手。搬過來這麼長時間了，家裡還沒有來過客人呢。老鐵搓著手，自己差不多都成為孩子了。

老鐵只是搓手，楞神了，站在茶几的旁邊，滿臉的含英咀華，越嚼越香的樣子，心裡頭說，這孩子有意思。老鐵一點都沒有注意到虞積藻的目光有多冷。老鐵一抬頭，遠遠地看見了虞積藻，她的目光冰冷而又憤怒。「老毛病又犯了！」虞積藻說。老鐵仔細研究了虞積藻的表情，看明白了，同時也就聽明白了，她所說的「老毛病」指的是老鐵年輕時候的事，那時候老鐵搞過一次婚外情，兩個人鬧了好大的一陣子。「哪裡去了。」老鐵輕描淡寫地說。虞積藻要起床，卻起不來，臉已經憋得發紫。老鐵走上去，打算扶她，虞積藻一把推開了。老鐵的臉面上有些掛不住，慢悠悠地說：「哪能呢，怎麼往那上頭想。」虞積藻氣急敗壞，一巴掌拍在了茶几上，茶几上的不鏽鋼勺子都跳了起來。虞積藻大聲吼道：「別以為家裡頭窮就樸素，別以為上了歲數你就不花心！」老鐵捋了捋雪白的頭髮，笑咪咪地「嗨」了一聲，說：「哪能呢。」

小男孩敲門來了。老鐵弓了身子，十分正式地和他握過手，卻沒有鬆開，一直拉到虞積藻的床前。虞積藻打量了小男孩一眼，沒見過，問：「這是誰家的小紳士？」老鐵對隔壁努努嘴，大聲地說：「我剛認識的好朋友。」小男孩站在床前，瞪大了眼睛四處張望，最後，兩隻眼睛卻盯上了虞積藻的電動輪椅。他爬上去，擰了一下把手，居然動起來了。小男孩來了興致，駕駛著電動輪椅在虞積藻的房間裡開了一圈，附帶試了幾下煞車，又摁了幾下喇叭，結論出來了，老氣橫秋地說：「我爸爸的汽車比你的好。」虞積藻看了老鐵一眼，笑了，十分開心地笑了。虞積藻摸了摸小男孩的頭，說：「上學了沒有？」小男孩搖搖腦袋，說：「沒有。過了暑假我就要上學了。」不過小男孩十分炫耀地補充了一句，「我已經說英語了。」虞積藻故意瞪大了眼睛，說：「我也會說英語，你能不能說給我聽聽？」小男孩挺起肚子，一口氣，把二十六個英文字母全背誦出來了。虞積藻剛剛要鼓掌，小傢伙已經把學術問題引向了深入。他伸出了他的食指，十分嚴肅地指出：「我告訴你們，如果是漢語拚音，就不能這樣讀，要讀成aoeiuübpmfdtnlgkhjqxzcszhchshr。」這孩子有意思了。虞積藻痛痛快快地換了一口氣，痛痛快快地呼了出去，無聲地笑了，滿臉的皺紋像一朵怦然綻放的菊花，全部掛在了臉上。她的眼淚都出來了。虞積藻給小男孩鼓了掌，老鐵同樣也給小男孩鼓了掌。雖然躺在床上，可虞積藻覺得自己的兩條腿已經站立起來了。虞積藻一把把小男孩摟了過來，抱在了懷裡，懷裡實實在在的。實實在在的。興許是摟得太過突然，太過用力，小男孩有些不適應，便把虞積藻推開了。虞積藻並沒有生氣，她歪在床上，用兩隻胳膊支撐住自己，望著他。這個小傢伙真是個小太陽，他一來，屋子裡頓時就亮堂了，虎虎有了生氣。虞積藻手忙腳亂了起來，她要找吃的，她要找玩的，她要把這個小傢伙留在這裡，她要看著他，她要聽見他說話。

小男孩仰起頭，對老鐵說：「你把泡泡液給我。」

老鐵擦乾淨眼角的淚，想起來了，人家是來玩泡泡液的。老鐵收斂了笑容，說：「我不給你。二十九樓，太危險，太危險了。」

虞積藻說：「什麼泡泡液？給他呀，你還不快給孩子。」

老鐵走到虞積藻的面前，耳語了幾句，虞積藻聽明白了。虞積藻卻來了勁頭，讓老鐵扶她。她要到輪椅上去，她要到地球上去。她要看老伴和小傢伙一起吹泡泡液，她要看泡泡們像氣球一樣飛上天，像鴿子一樣飛上天。虞積藻興高采烈地來到了客廳，大聲宣布：「我們到廣場上去吹泡泡。」

小男孩的小臉蛋陰沉下來了，有些無精打采，說：「爸爸不在家，我不下樓。爸爸說，外面危險。」

老鐵說：「外面有什麼危險。」

小男孩說：「爸爸說了，外面危險。」

老鐵打起了手勢，還想再說什麼，虞積藻立即用眼睛示意老鐵，老鐵只好把手放下了。老鐵說：「那我們吃西瓜。」

小男孩說：「沒意思。」

老鐵說：「吃冰激凌。」

小男孩顯然受到了打擊，臉上徹底不高興了，說：「就知道吃。沒意思。」

隔壁的門鈴聲就是這個時候響起來，「叮咚」一聲，在二十九樓的過道裡無限地悠揚。二十九樓，實在是太遙遠，太安靜了。小男孩站起身，說：「家庭老師來了，我要上英語課。」

老鐵和虞積藻被丟在了家裡，屋子裡頓時安靜下來。其實平日裡一直都是這樣安靜的，可是，這會兒的安靜特別了，反而像一次意外。虞積藻只好望著老鐵，是那種沒話找話的樣子。但到底要說什麼，也沒有想好。虞積藻訕訕地說：

「我答應過女兒，不對你發脾氣的。」聽上去好像是為剛才的事情做檢討似的。

老鐵捋一捋雪白的頭髮，說：「要發。不發脾氣怎麼行，要發。」

虞積藻笑了，說：「我們下樓去，吹泡泡。」

老鐵看了一眼窗外，說：「這會兒太陽毒，傍晚吧。」

虞積藻說：「你又不聽話了是不是？不聽話，是不是？」

老鐵笑起來。老鐵笑起來十分地迷人。有點壞，有點帥，有點老不正經。有點像父親，還有點像兒子。老鐵很撒嬌地說：「哪能呢，哪能不聽片子的話。」

老鐵檢查好鑰匙，拿過泡泡液，推起了虞積藻。還沒有出門，電話又響了。老鐵剛想去接，虞積藻卻把她的電動輪椅倒了過去。老鐵只好站在門口，在那裡等。虞積藻拿起電話，似乎只聽了一兩句話，電話的那頭就掛了。虞積藻放下耳機，卻沒有架到話機上去，反正摟在了懷裡。她看了一眼老鐵，目光卻從老鐵的臉上挪開了，轉移到臥室裡去，轉移到牆上，最後，盯住了那一排石英鐘。一個勁地看。老鐵說：「誰呀？」

虞積藻說：「小紳士。」

「說什麼了？」

「他說，我們家的時間壞了。」

二〇〇五年第五期《北京文學》

唱西皮二黃的一朵

十九歲的一朵因為電視上的數次出鏡而迅速竄紅，用晚報上的話說，叫人氣飆升。一朵其實是一個鄉下孩子，七年以前還一身土氣，滿滿濃重的鄉下口音。劇團看大門的師傅還記得，一朵走進劇團大門的時候袖口和褲腳都短得要命，尤其是褲腳，在襪子的上方露著一截小腿肚子。那時的一朵並不叫一朵，叫王什麼秀的，跟在著名青衣李雪芬的身後。看大門的師傅一看李雪芬的表情就知道李老師又從鄉下挖了一棵小苗子回來了，老師傅伸出他的大巴掌，摸著一朵的腮，說：「小豌豆。」老師傅慈眉善目，就喜歡用他愛吃的瓜果蔬菜給小學員們起綽號，整個大院都被他喊得紅紅綠綠的。一朵用胳膊擦了一下鼻子，抿著嘴笑，隨後就瞪大了眼睛左盼右顧。她的眼珠子又大又黑，儘管還是個孩子，眼珠子裡頭卻有一份行雲流水的光景，像舞臺上的「運眼」。這一點給了老師傅十分深刻的印象。事實上，送戲下鄉的李雪芬在村口第一次看見一朵的時候就動心了。那是黃昏，乾爽的夕陽照在一堵廢棄的土基牆上，土基牆被照得金燦燦的，一朵面牆而立，一手捏一根稻草，算是水袖，她哼著李雪芬的唱腔，看著自己的身影在金燦燦的土基牆上依依不捨地搖曳。李雪芬遠遠地望著她，她轉動的手腕和翹著的指尖之間有一種十分生動的女兒態，教人心疼。李雪芬「咳」了一聲，一朵轉過身，她的兩隻眼睛簡直讓李雪芬喜出望外。一朵的眼睛黑白分明，眼珠子又黑又亮又活，稱得上流光溢彩。因為害羞，更因為膽大，她用瞇著的眼睛不停地睃李雪芬，烏黑的睫毛一挑一挑的，流蕩出一股情脈脈水悠悠的風流態度。「這孩子有二郎神呵護，」李雪芬對自己說，「命中有一碗氍毹上的飯。」根據李雪芬的經驗，能把最日常的動態弄成舞臺上的做派，才算得上是天生的演員。

現在的一朵已經不再是七年前的那個一朵了。她已經由一個鄉下女孩成功地成為李派唱腔的嫡系傳人。現在的一朵衣袖與褲腳和她的胳膊腿一樣長，緊緊地裹在修長的胳膊腿上。一朵在舞臺上是一個幽閉的小姐或淒婉的怨婦，對著遠古時代傾吐她的千種眷戀與萬般柔情。舞臺上的一朵古典極了，纏綿得絲絲入扣，近乎有病。然而，卸妝之後，一朵說變就變。古典美人聳身一搖，立馬還原成前衛少女，也許還有一些另類。要是有人告訴你，七年之前一朵還是土基牆邊的一棵小豌豆，砍了你你也不信。但是，不管如何，隨著一朵在電視屏幕上的頻頻出鏡，一朵已經向大紅大紫邁出她的第一步了。依照一般經驗，一個年輕而又漂亮的青衣只要在電視上露幾次面，一旦得到機會，完全有可能轉向影視，在十六集的電視劇中出演同情革命力量的風塵女子，或者到二十二集的連續劇中主演九姨太，與老爺的三公子共同追求個性解放。一朵的好日子不遠了，扳著指頭都數得過來。

現在是五月裡的一天，一朵與她的姊妹們一起在練功房裡做體型訓練。十幾個人都穿著高彈緊身衣，在扇形練功房裡對著大鏡子吃苦。大約在四點鐘左右，唱老旦的劉玉華口渴了，嚷著叫人出去買西瓜。十幾個人你推我，我推你，經過一番激烈的手心手背，最後還是輪到了劉玉華。劉玉華其實是故意的，大夥兒都知道劉玉華是一個火熱心腸的姑娘。二十分鐘過後，劉玉華一手托著一只西瓜回到了練功房，滿臉是汗。一進門劉玉華就喊虧了，說海南島的西瓜貴得要命，實在是虧了。劉玉華就這麼一個人，因為付出多了，嘴上就抱怨，其實是撒嬌和邀功。放下一只西瓜之後劉玉華似乎突然想起了什麼，抱著另一只西瓜哎呀了一聲，大聲說，你們說那個賣西瓜的女人像誰？就是老了點，黑一點，皺紋多了點，眼睛渾了點，小了點，說話的神氣才像呢，你們沒看見那一雙眼睛，才像呢！劉玉華說這話的時候開始用眼睛盯著大鏡子裡的一朵，大夥兒也就一起看。都明白了。誰都聽得出劉玉華說這些話骨子裡頭是在巴結一朵，一朵和團長的關係大夥兒都有數，有團長撐著，用不了幾天她肯定會紅上半邊天的。一朵正站在練功房的正中央，背對著大夥兒。她在大鏡子裡頭把所有的人都瞄了一遍，最後盯住了劉玉華。一動不動。臉上沒有一點表情。一朵突然把擦汗的毛巾丟在了地板上，兩隻胳膊也抱在了乳房下面，說：「我像賣西瓜的，你像賣什麼的？」一朵的口氣和她的目光一樣，清冽得很，所以格外地冷。劉玉華遭到了當頭一棒，愣在那兒。她和一朵在大鏡子裡頭對視了好半天，終於扛不住了，汪開了兩眼淚。劉玉華把抱在腹部的西瓜扔在了地板上，掉頭就走。西瓜被摔成了三瓣，還在地板上滾了幾滾。一朵轉過身，叉著腰，一晃一晃地走到劉玉華剛才站著的地方，盤著腿坐了下來，拿起西瓜就啃。啃兩口就噘起了嘴唇，對著大鏡子吐瓜籽。大夥兒望著一朵，這個人真的走紅了。人一走紅脾氣當然要跟著長，要不然就是做了名角也不像。大夥兒看著一朵吐瓜籽的模樣，十分傷感地想起了前輩們常說的一句老話：「成名要趁早。」一朵坐在地板上，抬頭看了大夥兒一圈，似乎把剛才的事情都忘記了，不解地說：「看什麼？怎麼不吃？人家玉華都買來了。」

但是一朵並沒有把劉玉華的話忘了。洗過澡之後一朵坐在鏡子面前，用手背托住腮，把自己打量了好半天。她倒要到西瓜攤上看一看那個女人，她倒要看看劉玉華到底是怎麼作踐自己的。不過劉玉華倒是從來不說謊，這一來問題似乎又有些嚴重了。一朵穿好衣服，隨手拿了幾個零錢，決定到西瓜攤去看個究竟。一朵出門之後回頭張望了一眼，身後沒有人。她以一種閒散的步態走向西瓜攤。西瓜攤前只有一個男人，他身後的女人正低著頭，嘴裡念念有詞，在數錢。讓一朵心裡頭「咯噔」一下的事情就在這個時候發生了，女人抬起了頭來，她的雙眼與一朵的目光正好撞上了。一朵幾乎是倒吸了一口氣，怔怔地盯著賣西瓜的女人。這個年近四十的鄉下女人和自己實在太像了。尤其是那雙眼睛。賣西瓜的女人似乎同樣意識到了這一點，先是楞了一下，隨後居然咧開了嘴巴，兀自笑了起來。女人說：「買一個吧，我便宜一點賣給你。」一朵聽了就來氣，「便宜一點賣給你」，這話聽上去就好像她和一朵真的有什麼瓜葛，就好像她長得像一朵她就了不起了，都套上近乎了。最後一朵不能忍受的是，這個賣西瓜的女人和一朵居然是同鄉，方圓絕對不超過十里路。她的口音在那兒。一朵轉過臉，冰冷冷地丟下一句普通話：「誰吃這東西。」

一朵走出去四五步之後又回了一下頭，賣西瓜的女人伸長了脖子也在看她，嘴巴張得老大，還笑。她一點都不知道自己張大了嘴巴有多醜。一朵恨不得立即撲上去，把她的兩隻眼睛摳成兩個洞。

這個黃昏成了一朵最沮喪的黃昏。無論一朵怎樣努力，賣西瓜的女人總是頑固地把她的模樣疊印在一朵的腦海中。一朵揮之不去。她使一朵產生了一種難以忍受的錯覺：除了自己之外，這個世界還有另外一個自己。要命的是，另一個自己就在眼前，而真正的自己反倒成了一張畫皮。一朵覺得自己被咬了一口，正被人叼著，往外撕，往下扒。一朵感到了疼。疼讓人怒。怒教人恨。

生活其實並沒有什麼變化，昨天等於今天，今天等於明天。但是，吃了幾回西瓜之後，一朵感到姊妹們開始用一種怪異的神態對待自己。她們的神情和以往無異。然而，這顯然是裝的，唱戲的人誰還不會演戲，要不然她們怎麼會和過去一樣？一樣反而說明了有鬼。在她們從一朵身邊走過的時候，她們的神情全都像買了一只西瓜，而買了一只西瓜又有什麼必要和過去不一樣呢？這就越發有鬼了。一朵連續兩天沒有出門，她不允許自己再看到那個女人，甚至不允許自己再看到西瓜。然而，人一怕鬼，鬼就會上門。星期三中午一朵剛在食堂裡坐穩，遠遠地看見賣西瓜的女人居然走到劇團的大院來了。她扛著一只裝滿西瓜的蛇皮袋，跟在一位教員的身後。大約過了三五分鐘，讓一朵氣得發抖的事情再一次發生了。女人送完了西瓜，她在回頭的路上故意繞到了食堂的旁邊，伸頭伸腦的，顯然是找什麼人的樣子。這個不知趣的女人在看見一朵之後竟然停下了腳步，露出滿嘴牙，衝著一朵一個勁地笑。她笑得又貼近又友善，不知道裡頭山有多高水有多深，好像真有多少前因後果似的。一朵突然覺得食堂裡頭靜了下來。她抬起眼，掃了一遍，一下子又與女人對視上了。女人仔細打量著一朵，她的微笑已經不只是貼近和友善了，她那種樣子似乎是見到了失散多年的親妹妹，喜歡得不行，歪著頭，臉上掛上了很珍惜的神情，都近乎憐愛了。她們一個在窗外，一個在窗內，儘管沒有一句話，可呈現出來的意味卻是十分的深長。一朵低下頭，此時此刻，她最想做的事情就是站起來，大聲地告訴每一個人，她和窗外的女人沒有一點關係。但是，否定本來就沒有的東西，那就更加此地無銀了。一朵的嘴裡銜著茼蒿，嚥不下去，又吐不出來。所有的人都注意到，一朵的臉開始是紅了一下，後來慢慢地變了，都青了。一朵把頭側到一邊，只給窗口留下了後腦勺。她青色的臉龐襯托出滿眼的淚光，像冰的折射，銳利的閃爍當中有一種堅硬的寒。

賣西瓜的女人現在成了一朵附體的魂，一朵她驅之不散。

星期五下午四點過後，一朵必須把手機打開。這部手機暗藏了一朵的隱祕生活。手機是張老闆送的。其實一朵的一切差不多都是張老闆送的，除了她的身體。但嚴格意義上說，張老闆每個星期也就與一朵聯繫一次，只要張老闆不出差，星期五的夜晚張老闆總要把一朵接過去，先共進晚餐，後花好月圓。

一朵把打開的手機放在枕頭的下面，一邊等，一邊對著鏡子開始梳妝。然而，只照了一會兒，一朵的心情竟又亂了。她現在不能照鏡子，一照鏡子鏡子裡的女人就開始賣西瓜。這時候一朵聽見看大門的老師傅在樓下高聲叫喊。老師傅的牙齒已經掉得差不多了，他把了一輩子的大門，而現在，他自己嘴裡的大門卻敞開了，許多風和極其含混的聲音從他的嘴邊進進出出。老師傅站在籃球架的旁邊大聲告訴「小豌豆」，「黃包大隊」有人在門外等她，一朵一聽就知道是「疙瘩」又來了。「疙瘩」在防暴大隊，和一朵在一次聯歡會上見過面。他不知道從哪裡打聽到了一朵的祖籍，到劇團來認過幾次老鄉。一朵沒理他。一朵連他姓什麼都不清楚，就知道他有一臉的疙瘩。一朵正煩，聽到「黃包大隊」心裡頭都煩起了許多疙瘩，順手便把手上的梳子砸在了鏡面上，玻璃「咣噹」一聲，鏡子和鏡子裡的女人當即全碎了。這個猝不及防的場面舉動給了一朵一個額外發現：另一個自己即使和自己再像，只要肯下手，破碎並消失的只能是她，不可能是我。一朵的呼吸頓時急促起來，兩隻乳房一鼓一鼓的，彷彿碰上了一條貪婪而又狠毒的舌尖。一朵推開窗戶，看見一個高大的小夥子正在大門外面抬腕看錶。一朵順眼看了一下遠處，梧桐樹上「正宗海南西瓜」的小紅旗清晰可見。老師傅仰著頭，高聲說：「他在等你，要不要轟他走？」

手機偏偏在這個時候響了。一朵回過頭去拿手機，只跨了兩步一朵卻轉過了身來，慌忙對樓下說：「讓他等我。」

一朵只做了兩個深呼吸便把呼吸調勻了。她趴在床上，對著手機十分慵懶地說：「誰呀？」

手機裡說：「你個小樹丫，還能是誰。挺屍哪？」

一朵疲憊地嗯了一聲。

手機馬上心疼起來，說：「怎麼弄的？病啦？」

「沒有，」一朵嘆了一口氣，拖著很可憐的聲音說，「中午身上那個了，量特別多，睏得不得了。——司機什麼時候來接我？」

手機那頭突然靜下來了，不說話。一朵「喂」了一聲，那頭才懶懶地回話說：「還接你呢，這會兒我在杭州呢。」

一朵顯然注意到手機裡短暫的停頓了。這個停頓讓她難受，但這個停頓又讓她有一種說不出的歡喜。一朵也停頓了一會兒，突然大聲說：「不理你！這輩子都不想再理你！」

一朵立即把手機關了。她來到窗前，高大的小夥子又在樓下抬腕看錶了。

疙瘩堅持要帶一朵去吃韓國燒烤，一朵用指頭指了指自己的嗓子，疙瘩會心一笑，還是和一朵吃了一頓中餐。一朵發現疙瘩笑起來還是滿洋氣的，就是過於講究，有些程式化，顯然是從電影演員的臉上扒下來的。但是沒過多久疙瘩就忘了，恢復到鄉下人倉促和不加控制的笑容上去了。人一高興了就容易忘記別人，全身心地陷入自我。這個結論一朵這幾天從反面得到了驗證。晚飯過後一朵提出來去喝茶，他們走進了一間情侶包間，在紅蠟燭的面前很安靜地對坐了下來。整個晚上都是疙瘩帶著一朵，其實一朵把持著這個晚上的主導方向。疙瘩開始有點口訥，後來舌頭越來越軟，話卻說得越來越硬。一朵瞪大了眼睛，很亮的眼睛裡頭有了崇敬，有了蠟燭的柔嫩反光。

一朵沒有繞彎子，利用說話之間的某個空隙，一朵正了正上身，說有事請老鄉幫忙。疙瘩讓她「說」。一朵便說了。她說起了那個賣西瓜的女人。她「不想再看見她」。即使看見，那個女人的臉眼「必須是另外一副樣子」。

疙瘩笑了笑，鬆了一口氣。疙瘩說我還以為什麼大不了的，說我叫上幾個兄弟，兩分鐘就擺平了。

一朵說什麼樣的人我找不到，找別人我就不麻煩你。一朵說我不想讓別人知道，就你和我。

疙瘩又笑了笑，說好的。說沒什麼大不了的。

一朵說，我可不想等，等一天老虎的爪子抓一天心。說賣西瓜的都睡在西瓜攤上，就今天晚上。

疙瘩還是笑了笑，說好的。說沒什麼大不了的。

一朵站起身，繞到疙瘩的面前。兩隻瞳孔烏溜溜地盯著疙瘩，楞楞地看。她剛剛伸出小拇指準備和疙瘩「勾勾」，疙瘩的右手卻突然捂在了一朵的左乳上。一朵唬了一個激靈，但沒有往後退，兩道睫毛疾速垂了下去，彎了兩道弧，卻把雙手反撐到了桌面上。疙瘩已經被自己的孟浪嚇呆了，眼神裡全是不知所措，像螢火自照那樣明滅不定。到底是一朵處驚不亂，經歷過短暫僵持之後，一朵的眼睫突然挑了上去，兩隻瞳孔再一次烏溜溜地盯著疙瘩，楞楞地看。疙瘩的手指已經傻了，既不敢動，又不敢撤，像五根長短不一的水泥。過了好大一會兒一朵終於抬起了一隻手。疙瘩以為一朵會把他的手推開，再不就是挪走。但是沒有。一朵勾起了食指，在疙瘩的鼻梁上刮了一下。這個日常性的動作由女人們來做，通常表達一種溫馨的羞辱與沁人心脾的責備。疙瘩的手指一下子全活了。

「回頭我請你。」一朵說。

一朵說完這句話便抽出了身子，提上包，拉開了包廂的房門。她在離開之前轉過頭，看見疙瘩的手掌還捂在半空，一臉的不可追憶。疙瘩回味著一朵的話，這句話被一朵說得複雜極了，你再也辨不清裡面的意味多麼地教人心跳。一朵的話給疙瘩留下了無限廣闊的神祕空間，「回頭我請你」這五個字像一些古怪的鳥，無頭、無尾，只有翅膀與羽毛，撲棱棱亂拍。

星期六的上午一朵一早就下樓去了。她知道疙瘩一定會來找她，立了戰功的男人歷來是不好對付的，最聰明的辦法只有躲開。躲得了初一，就一定能躲過十五。男人是個什麼玩意一朵算是弄清楚了，靠餵肉去解決他們的飢餓，只能是越餵越餓，你要是真的讓他端上一只碗，他的目光便會十分憂鬱地打量別的碗了。再說了，一隻蛤蟆也完全用不著用天鵝的肉去填牠的肚子。這年頭的男人和女人，唯一動人的地方只剩下戲臺上的西皮與二黃，別的還有什麼？

一朵打算到唐素琴那兒把星期六混過去。唐素琴是一朵的小學同學，現在已經是省人民醫院的婦科護士了，人說不上好，可也說不上壞，就是沒意思。然而，她畢竟是婦科的護士，說不定哪一天就用得上的。

一朵出了大門之後直接往左拐。對一朵來說，這是一個特殊的早晨。她一定要從那個空著的西瓜攤前面走一走，看一看。她一定要親眼看到另一個自己在她的面前是如何消失的。一朵遠遠地看見西瓜攤的前方聚集了許多人，顯然是出過事的樣子。這個不尋常的景象是預料之中的，它讓一朵踏實了許多。一朵快速走上去，鑽進人縫。路面上有一灘血，已經發黑了，呈現出一種駭人而又古怪的局面。一朵看著地上的這灘黑血，鬆了一口氣。她用小拇指把額前的一縷頭髮捋向了耳後，臉上的表情又安詳又傲慢。一朵把她的眼睛從地上抬上來，卻意外地看見了賣西瓜的女人——賣西瓜的女人正站在梧桐樹的後面，一邊比畫一邊小聲地對人說些什麼。她的身上沒有異樣，神態裡頭一點劫後餘生的緊張與恐怖都看不出。毫無疑問，地上的血和她沒有任何關係。一朵吃驚地望著那張臉，恍然若夢。要不是手機在皮包裡響了，一朵還真以為自己是在夢中了。

「起床了沒有？」張老闆在手機裡頭說，聽口氣他還在床上。

一朵有些恍惚，脫口說：「沒，還沒呢。」

「昨晚上你喝茶喝太晚了，這樣可不好。」

「沒，沒有。」

手機裡頭張老闆摁了一下打火機，接下來又長長地噓了一口煙。張老闆說：「我說呢。我手下的人硬說你昨晚和一個傻小子鬼混了。弄得有鼻子有眼。他們說那個傻小子的手不本分，趁人家在馬路邊上賣西瓜，居然在人家的身上開了兩個洞。你說這是什麼事？——幸虧不是什麼要緊的地方。」

「你在哪兒？」一朵喘著粗氣問。

「我還能在哪兒？當然在家。」

「你不是在杭州嗎？」

「我在杭州做什麼？」張老闆拖聲拖氣地說，「閒著無聊，沒事就說說小謊，反正閒著也是閒著。——我看你還是到醫院去看看吧。」

一朵的心口緊擰了一下，慌忙說：「我到醫去幹麼？我到那兒看誰去？」

「你說看誰？當然是看看你自己。」張老闆說，「半個月裡頭你的月經來了兩次，量又那麼多。我看你還是看一看。」

一朵的腦袋一下子全空了，慌得厲害，就好像胸口裡頭敲響了開場鑼鼓，而她偏偏又把唱詞給忘了。她站在路邊，把手機移到左邊的耳朵上來，用右手的食指塞緊右耳，張大了嘴巴，剛想解釋什麼，那邊的電話卻掛了。一朵張著嘴，茫然四顧，卻意外地和賣西瓜的女人又一次對視上了。賣西瓜的女人看著一朵，滿眼都是溫柔，都像媽媽了。

二〇〇〇年第一期《收獲》

生活在天上

蠶婆婆終於被大兒子接到城裡來了。進城的這一天大兒子把他的新款桑塔納開到了斷橋鎮的東首。要不是斷橋鎮的青石巷沒有桑塔納的車身寬，大兒子肯定會把那輛小汽車一直開到自家的石門檻的。蠶婆婆走向桑塔納的時候不住地拽上衣的下襬，滿臉都是笑，門牙始終露到外頭，兩片嘴唇都沒有能夠抿住，用對門唐二嬸的話說，「一臉的冰糖碴子」。青石巷的兩側站滿了人，甚至連小閣樓的窗口都擠滿了腦袋。斷橋鎮的人們都知道，蠶婆婆這一去就不再是斷橋鎮的人了，她的五個兒子分散在五個不同的大城市，個個說著一口好聽的普通話。她要到大城市裡頭一心一意享兒子的福了。蠶婆婆被這麼多的眼睛盯著，幸福得近乎難為情，有點像剛剛嫁到斷橋鎮的那一天。那一天蠶婆婆就是從腳下的這條青石巷上走來的，兩邊也站滿了人，只不過走在身邊的不是大兒子，而是他的死鬼老子。這一切就恍如昨日，就好像昨天才來，今天卻又沿著原路走了。人的一生就這麼一回事，就一個來回，真的像一場夢，這麼想著蠶婆婆便回了一次頭，青石巷又窄又長，石頭路面上只有反光，沒有腳印，沒有任何行走的痕跡，說不上是喜氣洋洋還是孤清冷寂。蠶婆婆的胸口突然就是一陣扯拽。想哭。但是蠶婆婆忍住了。蠶婆婆後悔出門的時候沒有把嘴抿上，保持微笑有時候比忍住眼淚費勁多了。死鬼說得不錯，勞碌慣了的人最難收場的就是自己的笑。

桑塔納在新時代大廈的地下停車場停住，蠶婆婆暈車，一下車就被車庫裡濃烈的汽油味裹住了，弓了腰便是一陣吐。大兒子拍了拍母親的後背，問：「沒事吧？」蠶婆婆的下眼袋上綴著淚，很不好意思地笑道：「沒事。吐乾淨了好做城裡人。」大兒子陪母親站了一刻兒，隨後把母親帶進了電梯。電梯啟動之後蠶婆婆又是一陣暈，蠶婆婆仰起臉，對兒子說：「我一進城就覺得自己被什麼東西運來運去的，總是停不下來。」兒子便笑。他笑得沒有聲息，胸脯一鼓一鼓的，是那種被稱做「大款」的男人最常見的笑。大兒子說：「快運完了。」這時候電梯在二十九層停下來，停止的剎那蠶婆婆頭暈得更厲害了，嗓子裡泛上來一口東西。剛要吐，電梯的門卻對稱地分開了，樓道口正站著兩個女孩，嘻嘻哈哈地往電梯裡跨。蠶婆婆只好把泛上來的東西含在嘴裡，側過眼去看兒子，兒子正在褲帶子那兒掏鑰匙。蠶婆婆狠狠心，嚥了下去。大兒子領著母親拐了一個彎，打開一扇門，示意她進去。蠶婆婆站在棕墊子上，伸長了脖子朝屋內看，滿屋子嶄新的顏色，滿屋子嶄新的反光，又氣派又漂亮，就是沒有家的樣子。兒子說：「一裝修完了就把你接來了，我也是剛搬家——進去吧。」蠶婆婆蹭蹭鞋底，只好進去，手和腳都無處落實，卻聞到了皮革、木板、油漆的混雜氣味，像另一個停車庫。蠶婆婆走上陽臺，拉開鋁合金窗門，打算透透氣。她低下頭，一不留神卻發現大地從她的生活裡消失了，整個人全懸起來了。蠶婆婆的後背上嚇出了一層冷汗，她用力抓住鋁合金窗架，找了好半天才從腳底下找到地面，那麼遠，筆直的，遙不可及。蠶婆婆後退了一大步，大聲說：「兒，你不是住在城裡嗎？怎麼住到天上來了？」大兒子剛脫了西服，早就點上了香菸。他一邊用遙控器啟動空調，一邊又用胸脯笑。兒子說：「不住到天上怎麼能低頭看人？」蠶婆婆吁出一口氣，說：「低頭看別人，暈頭的是自己。」兒子又笑，是那種很知足很滿意的樣子，兒子說：「低頭看人頭暈，仰頭看人頭疼。——還是暈點好，頭一暈就像神仙。」蠶婆婆很小心地撫摩著陽臺上的茶色玻璃，透過玻璃蠶婆婆發現藍天和白雲一下子變了顏色，天不像天，雲也不像雲，又挨得這樣近。蠶婆婆說：「真的成神仙了。」兒子吐出一口煙，站在二十九樓的高處對母親說：「你這輩子再也不用養蠶了，你就好好做你的神仙吧。」

蠶婆婆是斷橋鎮最著名的養蠶能手。這一點你從「蠶婆婆」這個綽號上就可以聽得出來，蠶婆婆一年養兩季蠶，一次在春天，一次在秋後。每一個蠶季過後蠶婆婆總要挑出一些繭子，這些繭子又圓又大，又白又硬，天生一副做種的樣子。上一個季節的桑蠶早就裹在了繭內，變成蛹，而到了下一個季節這些蛹便咬破了繭子，化蛹為蝶。這些蝴蝶撲動著笨拙的翅膀，困阨地飛動。牠們依靠出色的本能很快建立起一公一母與一上一下的交配關係，尾部吸附在一起，沿著雪白的紙面產下黑色籽粒。密密麻麻的籽粒羅列得整整齊齊，稱得上橫平豎直，像一部天書，像天書中最深奧、最優美、最整潔的一頁，沒有人讀得懂。用不了幾天，一種近乎微塵的爬行生命就會悄然蠕動在紙面上了。這就是蠶，也叫天蟲。蠶婆婆不是用手，而是用羽毛把牠們從紙面上拂進篾匾中。為了呼應這種生命，斷橋鎮後山上的枯禿桑樹們一夜間便綠了，綠芽在枯枝上顫抖了那麼一下，又寧靜又柔嫩，桑葉的梗綻開了，漫山遍野全是嫩嫩的綠光。桑葉掐好了時光萌發在蠶的季節，彷彿是上天的故意安排，彷彿是某種神諭的前呼與後應。

大兒子通常是上午出去，晚上很晚才能回來。蠶婆婆不願意上街，每天就只好枯坐在家裡。兒子為母親設置了全套的音響設備，還為母親預備了袁雪芬、戚雅仙、徐玉蘭、范瑞娟等「越劇十姊妹」的音像製品。然而，那些家用電器蠶婆婆都不會使用，它們的操作方式簡單到了一種玄奧的程度，你只要隨手碰一下遙控，屋子裡不是喇叭的一驚一乍，就是指示燈的一閃一爍，就彷彿家裡的牆面上附上了鬼魂似的。這一來蠶婆婆對那些遙控便多幾分警惕，把它們碼在茶几上，進門出門或上灶下廚都離它們遠遠的，堅持「惹不起，躲得起」這個基本原則。蠶婆婆曾經這樣問兒子：「這也遙控，那也遙控，城裡人還長一雙手做什麼？」

兒子笑了笑，說：「數錢。」

晚飯的時候突然停電了，兒子在餐桌的對角點了兩支福壽紅燭。燭光使客廳產生了一種明暗關係，使空間相對縮小了，集中了。兒子端了飯碗，望著母親，突然就產生了一種幻覺，好像一下子又回到了童年，回到了斷橋鎮。那時候一大家子的人就擠在一盞小油燈底下喝稀飯的。母親說老就老了，她老人家臉上的皺紋這刻兒被燭光照耀著，像古瓷上不規則的裂痕。兒子覺得母親衰老得過於倉促，一點過程都沒有，一點漸進的跡象都沒有。兒子說：「媽。」蠶婆婆抬起頭，有些愣然，兒子沒事的時候從來不說話的，有話也只對電話機說。兒子推開手邊的碗筷，點上菸，說：「在這兒還習慣吧？」蠶婆婆卻把話岔開了說：「我孫子快小學畢業了，我還是在他過周的時候見過一面。」大兒子側過臉，只顧吸菸。大兒子說：「法院判給他媽了，他媽不讓我見，他外婆也不讓我見。」蠶婆婆說：「你再結一回，再生一個，我還有力氣，我幫你們帶孩子。」兒子不停地吸菸，煙霧籠罩了他，菸味則放大了他，使他看上去鬆散、臃腫、遲鈍。兒子靜了好大一會兒，又用胸脯笑，蠶婆婆發現兒子的笑法一定涉及到胸脯的某個疼處，扯扯拽拽的。兒子說：「婚我是不再結了。結婚是什麼？就是找個人來平分你的錢，生孩子是什麼？就是搗鼓個孩子來平分你餘下來的那一半錢。婚我是不結了。」兒子歪著嘴，又笑。兒子說：「不結婚有不結婚的好，只要有錢，夜夜我都可以當新郎。」

蠶婆婆望著自己的兒子，兒子正用手往上捋頭髮。一縷頭髮很勉強地支撐了一會兒，掙扎了幾下，隨後就滑落到原來的位置上去了。蠶婆婆的心裡有些堵，剛剛想對兒子說些什麼，屋裡所有的燈卻亮了，而所有的家用電器也一起啟動了。燈光放大了空間，也放大了母與子之間的距離。蠶婆婆看見兒子已經坐到茶几那邊去了，正用遙控器對著電視機迅速地選臺。蠶婆婆只好把想說的話又嚥下去，一口氣吹滅了一支蠟燭。一口氣又吹滅了另一支蠟燭。吹完了蠟燭，蠶婆婆便感到心裡的那塊東西堵在了嗓眼，上不去，又下不來，彷彿是蠟燭的油煙。

蠶婆婆在這個悲傷的夜間開始追憶斷橋鎮的日子，開始追憶養蠶的日子。成千上萬的桑蠶交相輝映，洋溢著星空一般的燦爛熒光。牠們爬行在蠶婆婆的記憶中。牠們彎起背脊，又伸長了身體，一起湧向了蠶婆婆。牠們綿軟而又清涼的蠕動安慰著蠶婆婆的追憶，牠們的身體像夢的指頭，撫摩著蠶婆婆。牠們像光著屁股的嬰孩，事實上，一隻蠶就是一個光著屁股的嬰孩，然而，牠不喝，不睡，只是吃。蠶一天只吃一頓，一頓二十四個小時。這一來蠶婆婆在每一個蠶季最勞神的事情就不是餵蠶，而是採桑。但是蠶婆婆採桑從來不在黃昏，而是清晨。蠶婆婆喜歡把桑葉連同露珠一同採回來，這樣的桑葉脆嫩、汁液茂盛，有夜露的甘冽與清涼。然而桑蠶碰不得水，尤其在幼蟲期，一碰水就爛，一爛就傳染一片。所以蠶婆婆會把帶露的桑葉攤在膝蓋上，用紗布一張一張地擦乾，再把這樣的桑葉覆蓋到蠶床上去。每一個蠶季最後的幾天總是難熬的，一到夜深人靜，這個世界上最喧鬧的只剩下桑蠶啃噬桑葉的沙沙聲了，吃，成了這群孩子的目的。牠們熱情洋溢，笨拙而又固執地上下蠕動。蠶婆婆像給愛蹬被單的嬰孩蓋棉被一樣整夜為牠們鋪桑葉，往往是最後一張蠶床剛剛鋪完，第一張蠶床上的桑葉就只剩下光禿禿的葉莖了。然後，某一個午夜就這樣來臨了，桑蠶們急切的啃噬聲漸漸平息了，牠們肥大，慵懶，安閒，開始向麥秸稈或菜籽稈上爬去。這時候滿屋子一層又一層的桑蠶們被一盞橘黃色的豆燈照耀著，除了嘴邊的半點瑕斑，桑蠶的身體乾淨異常，通體呈半透明狀，半汁液狀，半膠狀，一遇上哪怕是最微弱的光源，牠們的身軀就會兀自晶瑩起來，剔透起來，籠罩了一圈淡青色的光。蠶婆婆在這樣的時候就會抓起一把桑蠶，彷彿一種儀式，把牠們放在自己的胳膊上。牠們像有生命的植物汁液，沿著你的肌膚冰涼地流淌。然後，牠們會昂起頭，像一個個裸體的孩子，既像曉通人事，又像懵懂無知，以一種似是而非的神情與你對視。蠶婆婆每一次都要被這樣的對視所感動，被爬行的感觸是那樣的切膚，附帶滋生出一種很異樣的溫存。蠶婆婆養蠶似乎並不是為了收穫蠶繭，而只為這一夜，這一刻。這一刻一過蠶婆婆就有些悵然，有些虛空，就看見桑蠶無可挽回地吐自己，以吐絲這種形式抽乾自己，埋藏自己，收殮自己。這時的桑蠶就上山了，從出籽到吐絲，前前後後總共一個月，斷橋鎮的人都說，沒見過蠶婆婆這樣盡心精心養蠶的。——這哪裡是養蠶，這簡直是坐月子。

收完了繭子蠶婆婆就會蒙上頭睡兩天，然後，用背簍背上蠶繭，送兒子去上學，一手攙一個。那些蠶繭就是兒子的學費。十幾年來，蠶婆婆就是這麼從青石巷走過的，一手攙一個。蠶婆婆就這麼把自己的五個兒子送進了小學、中學，還有大學。要不然，她的五個兒子哪裡能在五個大城市裡說那麼好聽的普通話？

蠶婆婆不喜歡普通話。蠶婆婆弄不懂一句話被家鄉話「這樣說」了，為什麼又要用普通話去「那樣說」。蠶婆婆不會說普通話，然而身邊沒人，家鄉話也說不了幾句。蠶婆婆就想找個人大口大口地說一通斷橋鎮的話。和兒子說話，蠶婆婆總覺得自己守了一臺電視機，他說他的，我聽我的，中間隔了一層玻璃。家鄉話那麼好聽，兒子就是不說。家鄉話像舊皮鞋，鬆軟，貼腳，一腳下去就分得出左右。

蠶婆婆說：「兒，和你媽說幾句斷橋鎮的話吧。」

大兒子楞了一下，似乎若有所思，想了半天，「噗嗤」一下，卻笑了，說：「不習慣了，說不出口。」兒子說完這句話便轉過了身去，取過手機，拉開天線，摁下一串綠色數字，說：「是三嬸。」蠶婆婆隔著桌子打量兒子的手機，無聲地搖頭。這時候手機裡響起三嬸的叫喊，三嬸在斷橋鎮大聲說：「哎喂，喂，哪個？哪裡？說話！」兒子看了母親一眼，只好把手機關了，失望地搖了搖頭。

母與子就這麼坐著，面對面，聽著天上的靜。蠶婆婆有點想哭，又沒有哭的理由，想了想，只好忍住了。蠶婆婆一個人在二十九樓上待了一些日子，終於決定到廟裡燒幾炷香了。蠶婆婆到廟裡去其實是想和死鬼聊聊，陽世間說話又是要打電話又是要花錢，和陰間說話就方便多了，只要牽掛著死鬼就行了。蠶婆婆就是要問一問死鬼，她都成神仙了，怎麼就有福不會享的？日子過得這麼順暢，反而沒了輕重，想哭又找不到理由，你說冤不冤？是得讓死鬼評一評這個理。

母親要出門，大兒子便高興。大兒子好幾次要帶母親出去轉轉，母親都說分不清南北，不肯出門。大兒子把汽車的匙扣套在右手的食指上，拿鑰匙在空中畫圓圈。畫完了，兒子拿出一只錢包，塞到蠶婆婆的手上。蠶婆婆懵懵懂懂地接過來，是厚厚的一札現鈔。蠶婆婆說：「這做什麼？我又不是去花錢。」兒子說：「養個好習慣——記好了，只要一出家門，就得帶錢。」蠶婆婆怔在那兒，反覆問：「為什麼？」兒子沒有解釋，只是關照：「活在城裡就應該這樣。」

大雄寶殿在城市的西南遠郊，大兒子的桑塔納在駛近關西橋的時候看到了橋面和路口的堵塞種種，滿眼都是汽車，滿耳都是喇叭。大兒子踩下煞車，皺著眉頭嘴裡嘟噥了一句什麼。大哥大偏偏又在這個時候響了。大兒子側著腦袋聽了兩句。連說了幾聲「好的」，隨即抬起左腕，瞟一眼手錶。大兒子摁掉大哥大之後打了幾下車喇叭，毫不猶豫地調過了車身，二十分鐘之後大兒子便把桑塔納開到聖保羅大教堂了。蠶婆婆下車之後站在鵝卵石地面，因為暈車，頭也不能抬，就那麼被兒子領著往裡走。教堂的牆體高大巍峨，拱形屋頂恢弘而又森嚴，一梁一柱都有一股闊大的氣象與升騰的動勢，而窗口的玻璃卻是花花綠綠的，像太陽給搗碎了塗抹在牆面上，一副通著天的樣子，一副不容柴米油鹽醬醋茶的樣子。蠶婆婆十分小心地張羅了兩眼，心裡便有些不踏實，拿眼睛找兒子，很不放心地問道：「這是哪兒？」

兒子的臉上很肅穆，說：「聖保羅大教堂，洋廟。」

「這算什麼廟？」蠶婆婆悄聲說，「沒有香火，沒有菩薩、十八羅漢，一點地氣都沒有。」

兒子的心裡裝著剛才的電話，盡量平靜地說：「嗨，反正是讓人跪的地方，一碼事。」

對面走上來一個中年女人，戴了一副金絲眼鏡，很有文化的樣子。蠶婆婆喊過「大姊」，便問「大姊」哪裡可以做「佛事」。「大姊」笑得文質彬彬的，又寬厚又有涵養。「大姊」告訴蠶婆婆，這裡不做「佛事」，這裡只做「彌撒」。蠶婆婆的臉上這時候便迷茫了。「大姊」很耐心，平心靜氣地說：「這是我們和上帝說話的地方，我們每個星期都要來。我們有什麼罪過，做錯了什麼，都要在這裡告訴上帝。」

蠶婆婆不放心地說：「我又有什麼罪？」

「大姊」微微一笑，客客氣氣地說：「有的。」

「我做錯什麼事了？」

「大姊」說：「這要對上帝說，也就是懺悔。每個星期都要說，態度要好，要誠實。」

蠶婆婆轉過臉來對兒子嘟噥說：「這是什麼鬼地方，要我到這裡作檢討？我一輩子不做虧心事，菩薩從來不讓我們作檢討。」

「大姊」顯然聽到了蠶婆婆的話，她的表情說嚴肅就嚴肅了。「大姊」說：

「你怎麼能在這裡這麼說？上帝會不高興的。」

蠶婆婆拽了拽兒子的衣袖，說：「我心裡有菩薩，得罪了哪路洋神仙我也不怕。兒子，走。」

回家的路上大兒子顯得不高興，他一邊扳方向盤一邊說：「媽你也是，不就是找個清靜的地方跪下來嗎，還不都一樣？」

蠶婆婆嘆了一口氣，望著車窗外面的大樓一幢又一幢地向後退。蠶婆婆注意到自己的臉這刻兒讓汽車的反光鏡弄得變形了，顴骨那一把鼓得那麼高，一副苦相，一副哭相，一副寡婦相。蠶婆婆對著反光鏡衝著自己發脾氣，大聲對自己說：「城市是什麼，我算是明白了。上得了天、入不了地的鬼地方！」

蠶婆婆從教堂裡一回來臉色便一天比一天鬱悶了。蠶婆婆成天把自己關在陽臺上，隔著茶色玻璃守著那顆太陽。日子早就開春了，太陽在玻璃的那邊，一副不知好歹的樣子。哪裡像在斷橋鎮，一天比一天鮮豔，金黃燦燦的，四周長滿了麥芒，全是充沛與抖擻的勁頭。太陽進了城真的就不行了，除了在天上弄一弄白晝黑夜，別的也沒有什麼趣。蠶婆婆把目光從太陽那邊移開去，自語說：「有福不會享，勝受二茬罪。」

而一到夜間蠶婆婆就會坐在床沿，眺望窗外的夜。蠶婆婆看久了就會感受到一種揪心的空洞，一種無從說起的空洞。這種空洞被夜的黑色放大了，有點漫無邊際。星星在天上閃爍，淚水湧起的時候滿天的星斗像爬滿夜空的蠶。

「兒，送你媽回老家去吧，穀雨也過了，媽想養蠶。」

「又養那個做什麼？你養一年，還不如我一個月的電話費呢。」

「媽覺得要生病。媽不養蠶身上就有地方要生病。」

「有病看病，沒病算命，怕什麼？」

「兒，媽想養蠶，你送媽回去。」

「我怎麼能送你回去？你也不想想，左鄰右舍會怎麼說我？怎麼說我們弟兄五個？」

「媽就是想養蠶，媽一摸到蠶就會想起你們小的時候，就像摸到你們兄弟五人的小屁股，光光的，滑滑的。媽這輩子就是喜歡蠶。」

「媽你說這些做什麼？好好的你把話說得這樣傷心做什麼？」

「媽不是話說得傷心。媽就是傷心。」

日子一過了穀雨連著下了幾天的小雨，水氣大了，站在二十九層的陽臺上就再也看不見地面了。蠶婆婆在陽臺上站了一陣子，感覺到大樓在不停地往天上鑽，真的是雲裡霧裡。蠶婆婆對自己說：「一定得回鄉下，和天上的雲活在一起總不是事。」蠶婆婆望著窗外，心裡全是茶色的霧，全是大捆大捆的亂雲在迅速地飄移。

蠶婆婆再也沒有料到兒子給她帶回來兩盒東西。兒子一回家臉上的神色就很怪，喜氣洋洋的，彷彿有天大的喜事。兒子的懷裡抱了兩只紙盒子，走到蠶婆婆的面前，讓她打開。盒子開了，空的，什麼也沒有。這時候兒子的臉上笑得更詭異了，蠶婆婆定了定神，發現盒底黑糊糊的，像爬了一層螞蟻。蠶婆婆意識到了什麼，她發現那些黑色小顆粒一個個蠕動起來了，有了爬行的跡象。牠們是蠶，是黑色的蠶苗。蠶婆婆的胸口咕嘟一聲就跳出了一顆大太陽。兒子不說話，只是笑，卻不聲不響地打開了另一只盒子，盒子裡塞滿了桑葉芽。蠶婆婆捧過來，吸了一口，二十九層高樓上立即吹拂起一陣斷橋鎮的風，輕柔、圓潤、濡濕，夾雜了柳絮、桑葉、水、蜜蜂和燕子窩的氣味。蠶婆婆捧著兩只紙盒，眼裡汪著淚，囁囁嚅嚅地說：「阿彌陀佛，阿彌陀佛！」

蠶婆婆在新時代大廈的第二十九層開始了養蠶生活。兒子為蠶婆婆聯繫了西郊的一戶桑農，一個年紀不足四十歲的中年女人。兒子出了高價，並為她買了公交車的月票。蠶婆婆就此生龍活虎了起來，她拉上窗簾，在陽臺上架起了篾匾，一副回到從前、回到斷橋鎮的樣子。她打著手勢向那位送桑葉的女人誇她的兒子，「兒子孝順，花錢買下了鄉下的日子，讓我在城裡過。」這位婦女沒有聽懂蠶婆婆的話，她晚上替蠶婆婆的兒子算了一筆桑葉賬，笑了笑，對她的丈夫說：「這家人真是，不是兒子瘋了，就是母親瘋了。」

蠶婆婆在新時代大廈的二十九層開始了與桑蠶的共同生活。她捨棄了電視、VCD，捨棄了唱片裡頭袁雪芬、戚雅仙、徐玉蘭、范瑞娟等「越劇十姊妹」的越劇唱腔。她撫弄著蠶，和牠們拉家常，說一個上午或一個下午的家鄉話。蠶婆婆的嘮叨涉及了她這一輩子的全部內容，然而，沒有時間順序，沒有邏輯關聯，只是一個又一個愉快，一個又一個傷心。說完了，蠶婆婆就會取過桑葉，均勻地覆蓋上去，開心地說：「吃吧。吃吧。」蠶在篾匾裡像一群放學的孩子，無所事事，卻又爭先恐後。蠶婆婆說：「乖。」蠶婆婆說：「真乖。」

蠶仔的身體一轉白就開始飛快地成長了。桑蠶一天比一天大，一天比一天長，這就是說，所用的篾匾一天比一天多，所占的面積一天比一天大。陽臺和整個客廳差不多都占滿了。新裝修的屋子裡皮革、木板與油漆的氣味一天一天消失了，濃郁起來的是植物葉片與昆蟲大便的酸甜氣息。兒子沒有抱怨。老人高興了，這就比什麼都好。養一季蠶橫豎也就是二十七八天的事，等蠶結成了繭子，屋子裡會重新敞亮起來，整潔起來。兒子抓起一把桑葉，對蠶說：「吃吧，吃。」

兒子說：「媽，您著點吧，累壞了我可沒錢替你看病。」蠶婆婆把袖子擼起來，袖口挽得老高，笑著說：「養蠶再養出病來，我哪裡能活到現在？」兒子說：「你就餵著玩玩吧，又不靠你養蠶吃飯。」蠶婆婆說：「寧可累了我，不能虧了蠶。」兒子就用胸脯笑，說：「媽你天生就是養蠶的命。」蠶婆婆居然笑出聲來了，蠶婆婆說：「媽天生就是養蠶的命。」蠶婆婆這麼和兒子說笑，一邊很小心地把蠶屎聚集到一塊兒，放到陽光底下晒。兒子說：「倒掉算了，你怎麼拿蠶屎也當寶貝了。」蠶婆婆抓了一把蠶屎，瞇著眼，讓蠶屎從指縫裡緩緩地漏下來，蠶婆婆說：「蠶身上哪一點不是寶貝？等晒乾了，媽用蠶屎給你灌一只枕頭，——你們弟兄五個可全是枕著蠶屎睡大的。」

離春蠶上山還有四五天了，大兒子突然要飛一趟東北。業務上的事，原來就是說走就走的。兒子說：「原想看一看春蠶上山的，這麼多年了，還是小時候看過。」兒子說完這句話便從口袋裡掏出鑰匙，放在電視機上，隨手拿起電視機上的那只錢包，對母親說：「別忘了，出門帶上錢，這可不是斷橋鎮。」蠶婆婆閉了閉眼睛，示意知道。兒子說：「還聽見了？」蠶婆婆笑著說：「你怎麼比媽還能囉嗦？」蠶婆婆一個人在家，心情很不錯。她打開了一扇窗，在窗戶底下仔細慈愛地打量她的蠶寶寶。快上山的桑蠶身子開始笨重了，顯得又大又長。蠶婆婆從蠶床上挑了五隻最大的桑蠶，讓牠們爬在自己的胳膊上。蠶婆婆指著牠們，自語說：「你是老大，你是老二……」蠶婆婆逗弄著桑蠶，心思就想遠了。她把自己的五個兒子重新懷了一遍，重新分娩了一遍，重新哺育了一遍。蠶婆婆含著淚，悄聲說：「你是老巴子。」

門就是在這個時候被敲響的。蠶婆婆很小心地把五條桑蠶從胳膊上拽下來，對門外說：「來了。」蠶婆婆知道是送桑葉的女人來了，剛走到門口又返了回去。蠶婆婆從電視機上取過錢包，打開了門，站在了棕墊子上。

蠶婆婆說：「兒子不在家，就不請你進屋坐了。」

女人朝屋內張羅了兩眼，說：「過幾天就上山了吧？」

蠶婆婆說：「是的呢，再請你辛苦四五天。這幾天這些小東西可能吃了。」

女人說：「我們採桑也不容易，每斤再加五塊錢罷。」

蠶婆婆說：「這也太貴了吧。」

女人說：「我隨你。要不要都隨你，反正就四五天了。」

蠶婆婆想了想，就從錢包裡抽出一張百元現鈔。女人像採桑那樣順手就摘了過去。女人在走進電梯的時候回頭笑著說：「你放心，拿了你的錢就一定給你貨。」蠶婆婆楞在那兒，還沒有從眼前的事情當中還過神來。大兒子說得真是不錯，城裡頭一出家門就少不了花錢，真的是這麼回事。蠶婆婆低下頭看了看錢包，兒子真是周到，一沓子百元現鈔碼得整整齊齊的。蠶婆婆這輩子還沒見過這麼多的現錢呢。

意外事件說發生就發生了，誰也沒有料到蠶婆婆會把自己鎖在門外了。蠶婆婆突然聽見「轟」的一聲，一陣風過，門被風關上了。關死了。蠶婆婆握著錢包，十分慌亂地趴在門上，拍了十幾下，蠶婆婆失聲叫道：「兒，兒，給你媽開開門！」

三天之後的清晨兒子提了密碼箱走出了電梯，一拐彎就看見自己的母親睡在了過道上，身邊堆的全是打蔫的桑葉和康師傅方便麵。母親面色如土，頭髮散亂。大兒子丟開密碼箱，大聲叫道：「媽媽，出了啥事情囉？」大兒子忘了普通話，都把斷橋鎮的方言急出來了。

蠶婆婆一聽到兒子的聲音就跪起了身子。她慌忙地用手指著門，說：「快，快，打開！」

「出了啥事情囉？」

「什麼事也沒出，你快開門！」

兒子打開門，蠶婆婆隨即就跟過來了。蠶婆婆走到蠶床邊，蠶婆婆驚奇地發現所有的蠶床都空空蕩蕩，所有的桑蠶都不翼而飛。

蠶婆婆喘著大氣，在二十九層樓的高空神經質地呼喊：「蠶！我的蠶呢！」

大兒子仰起了頭，雪白的牆面上正開始著許多祕密。牆體與牆體的拐角全都結上的蠶繭。不僅是牆，就連桌椅、百葉窗、電器、排風扇、抽水馬桶、影碟機與影碟、酒杯、茶具，一句話，只要有拐角或容積，可供結繭的地方全都結上了蠶繭。然而，畢竟少三四天的桑葉，畢竟還不到時候，桑蠶的絲很不充分，沒有一個繭子是完成的、結實的，用指頭一摁就是一個凹坑。這些繭半透明，透過繭子可以看見桑蠶們正在內部困苦地掙扎，牠們蜷曲著，像忍受一種疼，像堅持著力不從心，像從事著一種注定了失敗的努力……半透明，是一種沒有溫度的火，是一種迷濛的燃燒和無法突破的包圍……蠶婆婆合起雙手，緊抿了雙唇。蠶婆婆說：「罪過，罪過噢，還沒有吃飽呢，——牠們一個都沒吃飽呢！」

桑蠶們不再關心這些了。牠們還在緩緩地吐。沿著半透明的蠶繭內側一圈又一圈地包裹自己，圍困自己。在變成昏睡的蠶蛹之前，牠們唯一需要堅持並且需要完成的只有一件事：把自己吐乾淨，使內質完完全全地成為軀殼，然後，被自己束之高閣。

一九九八年第四期《花城》

遙控

我居住在著名的新世紀大廈上。這座絳紅色的標誌性建築坐落在城市的黃金地段，共三十七層，我居住在二十八層。二十八層是一個好高度，它為俯視生活提供了一個上佳視角。閒下來我就站到陽臺上眺望遠方，城市就在我的腳底下。人們在我的腳下以一種近乎古怪的方式行走，其餘的便是汽車。數不盡的輪子終日在城市裡飛奔。城市說到底只是一只和好的麵團，隨車輪的轉動十分被動地向邊角延伸。然而，我們的生活總是沿著某個中心才能延展的，新世紀大廈就是它的中心。它三十七層，我居住在二十八層。

新世紀大廈與其他建築構成了我們這個城市最嶄新的部分。這一帶人的生活方式一直是這個城市的生存範本，這裡的衣著、髮式，尤其是生活用語總是新潮的，著著領先的。然而，是這座城市的古老地段養活了我。在這個文化古城的遊覽聖地，我的祖上有兩處房產，它們加在一塊也不足三十平方米，不過那可是門面房。我把它們給了兩個客戶，一處賣文房四寶、古玩錢幣；一處則是玉器、銀器、石器和陶器，都是些矇老外的貨。我曾親眼看到一位精緻的法國姑娘買了一只硯臺，她付了一大把冤枉錢，興高采烈地用漢語說：「耗！耗！（好）」聽上去像一個大舌頭的四川妞。看到這樣生動的局面我就開心。

而我的體形十多年前就進入小康了。把房子租出去之後我就開始發胖。我的身高一米七一，體重卻是一百九。肉全摞在肚子上，站起來我就看不見腳了。一百九，我十年前的體重。這就是我的狀況。我又胖又懶，我的幸福感就是能夠心平氣靜地懶下來，沒有事情擠壓我，沒有一樣責任非我莫屬。我不承擔義務，當然也不享受權利，我只有一個要求，讓我懶下去，沒事的時候就長長肉。基於這樣的要求，搬進新世紀大廈之後我對我的生活進行了全面改造。我買了一套新家當，電器全是日本貨。有一點至關重要，它們必須帶有遙控器，必須能夠遙控。「遙控」能使生活的複雜性變得又簡單又明瞭，抽象成真正的舉手之勞。這不就是人類生存的最終目的嗎？

我坐在沙發裡頭，嚴格地說是陷在沙發裡頭，把遙控器排在香菸和茶杯的背後。我先把電視打開來，看看這個世界發生了什麼。然後是影碟機或錄像機，找點樂趣。當然，我的音響是配套的，呈立體狀，所有的聲音不僅僅只從畫面裡出來，它像生活一樣真實，有時還從我的側面或背後悄然響起。最關鍵的是空調。我的身子虛，冷的時候怕冷，熱的時候怕熱。可是，整天把自己埋藏在空調裡頭這個問題實際上就解決了。上帝創造了四季，可是人類戰勝了上帝，當然也就料理了季節，就像電視上所說的那樣，「只要你擁用××牌空調，春天將永遠陪伴著你」。不管是冬天還是夏季，只要我的遙控器輕輕地「吱」一聲，上帝就沒辦法了。不管上帝祂老人家把春天藏在哪兒，我都能捉住它，五花大綁地放到我家的沙發上來。

一只電視遙控器、一只影碟遙控器、一只音響遙控器、一只空調遙控器，外加一部大哥大，這就是我生活的全部。我正關注著電視廣告，盼望遙控電燈、遙控洗碗機、遙控安樂椅的面市。這一天會有的。遙控既然成了生活的大方向，我們的生活就只能讓遙控器遙控，這裡頭沒有選擇，我們的生活只有這麼一個向度。我們能利用遙控捉住春天，五花大綁地扭到沙發上來，我們還有什麼不能遙控？那樣的幸福生活離我們已經不遠了。那一天來到的時候，我們除了心跳和眨眼，什麼也不用我們勞神了。

現在正是盛夏，除了下樓拿一趟晚報，我幾乎全待在二十八樓這個高度上。住進新世紀大廈之後我的體重又加重了近二十斤，我的體重已經二百一了。我發現我是一個吸了一點新鮮空氣也要長點肥肉以示紀念的那種人。我知道肉長得太多不是好事情，但長肉就是我的生活，我無法對生活挑剔太多，我只能拿自己當一個機關幹部，每天替自己的生活上班、執勤，一上班就坐到沙發裡去，抽菸、遙控，同時長肉。其實這樣不也很好嗎？我沒法勸說自己不滿意這種生活，而滿意不就是生活的全部嗎？

搬家之後我曾經有過計畫，選擇一些「有意義」的活動豐富豐富我的生活。比方說，我買了一大堆宣紙，寫寫字，藉助於狼毛或羊毛的撇捺文化文化自己。

可是不行，一兩天尚可，長了就耗人了。任何事一長了就成了任務，這就累人。人家洋人不用毛筆，人家的日子不都是筆墨流暢的，也沒有差到哪裡去。我只好把宣紙全打發了，當手紙用了。順便說一句，宣紙做手紙的感覺不錯，就像電視上說的那樣，更乾，更爽，更安心。

廢掉寫字的計畫之後我又去中央商場買了一臺腳踏器。我把它放在朝南的陽臺上，它的玩法就像騎自行車，相當簡單。我想說明一點，我玩腳踏器可不是為了減肥。減肥是騙人的，誰也別想騙我的錢。我只是想在家裡找一點「在路上」的感覺。真正的「在路上」我不喜歡，所以我選擇了腳踏器。我想說腳踏器實在是休閒時代最偉大的發明：它讓你既在路上又原地不動，真是妙極了。

有了在路上的切身體驗，我的精神也隨之放飛。我的精神像一隻鴿子那樣飛翔在城市的上空。我騎在腳踏器上，閉上眼，把自己想像成在城市的上空，還帶了哨音呢。然而，除了城市，我的想像力就無能為力了。我沒有實地見過山、草地、森林、農田、戈壁、沙漠、海洋、丘陵、沼澤、湖泊。它們對我來說僅僅是一些影視畫面或印刷圖案。我在天上飛，到了城市的邊緣我的想像力就往回走了，飛不出去。我只能閉了眼睛沿著貧乏的想像力重新飛回陽臺，然後，嘆口氣，從腳踏器上跨下來，一個星期之後我就終止了這個遊戲。

說來說去最美妙的遊戲還在女人身上。這恰恰不是我的長項。書上說男人和女人處在一起會發生某種離奇的化學反應，人們把那種化學晶體稱做愛情。然而「愛情」這東西我是不指望的。愛情需要當事人首先具備一身的劍膽琴心，我只有肉，哪裡有那種稀有物質？可是書上也說，在愛情之外還有一些附屬物可供我們整理和發掘。比方說，豔遇，也稱做遭遇激情或廊橋遺夢。豔遇有點接近於愛情了，這可是情場聖手的即興演義呢。男女見了面，甫一對視便是玉宇生輝，上過床，一撒手又月白風清了。真是伴隨滿天閃電來，不帶蛛絲馬跡走，所謂「兩岸猿聲啼不住，輕舟已過萬重山」，我哪裡有這樣敏捷的好身手。

愛情不容易，別的更不容易。在我看來世紀末的男女之事都可以稱做愛情。說到底不就是男人和女人的化學反應嗎，不是愛情又是什麼？

這樣一來遺棄在愛情之外的只有我。我不傷心。我對愛情裡的每一個步驟和細節還是很熟悉的。我做得少，然而看得多。我整天手執遙控器，指揮各種膚色的男男女女到我家的電視屏幕上表演愛情。我非常愛看錄像。說得專業一點，「黃色」錄像或×級片。其實不管是什麼影片，所謂功夫、動作、警匪、推理、言情、色情、戰爭、倫理——再怎麼弄，總也逃不出男人（一個或×個）與女人（×個或一個）之間的顛鸞倒鳳。「功夫」或「言情」，只不過是影片的三點式內衣。我們是一種火焰，在自我燃燒中自給自足，最後，終止於寂滅。除了錄像帶與影碟，我又能做什麼？我只能陷在沙發裡，一手執菸，一手持遙控器，在「倒帶」和「慢放」之間重複那些溫柔衝動與火爆畫面。他們為一個肥胖的、寂寞的城市人重複了一千次。沒有「愛情」，就這麼看看，不也很好嗎？

這樣的日子裡我的體重又有了進展。因為長肉，我的胃口越發窮凶極惡，就像是一九六二年。有時候我真的希望自己做一隻美國的卡通貓，先吃飯，後吃餐具，再吃桌椅沙發和羽絨被。在我的狼吞虎嚥中白色的羽絨漫天紛飛。我真的是一隻卡通貓，咀嚼與下嚥成了我生活的全部。我相信了哲學家的話：肥胖是寂寞時代的人體造型。我的身體足以說明這個問題。

我的廚房配備了灶具。當然，這些灶具利用的機會並不多。我幾乎不動手做飯，總是讓人送。偶爾下廚並不是為了改善生活，而是改善心情，屬於沒事找事的那種性質。我在一個炎熱的下午去了一趟菜場，我已經十七天不出樓了，開始靜極思動了。我決定親手買一回菜，親手做一頓飯，過一天自食其力的好日子。由於肥胖，我的步履很緩慢，都像年邁的政治家了。我這樣的人只適合在電梯裡頭直上直下的。我穿了一套真絲睡衣就下樓了。睡衣比我身體的門面更為寬大，我一抬腿真絲就產生了那種飄飄揚揚、迎著風風雨雨的感覺。只有有錢人才能有這種持重的派頭。我知道我很持重，體重在這兒呢。

我買了十斤豬肉，十只西紅柿，十條黃瓜，外加一條魚。魚很新鮮，在我的塑料口袋裡直打挺。這條魚有點像我，頭很小，可是肚皮很大，白花花的。魚販子沒有找零，所以執意要為我開膛。我謝絕了。一個懶漢既然動手了，所有的環節都得自己來。我得回家去，一切都由自己動手。

但是我沒有能夠吃上這頓飯。是這條魚鬧的。我在廚房裡把這條魚摁在砧板上，批掉鱗，開膛扒掉內臟，摳去腮。當我把這樣的一條魚放進水桶的時候，牠居然沒有死。牠在游，又安詳又平靜，腆著一只白花花的大肚皮。牠空了，沒有一張鱗片，沒有一絲內臟，沒有一片腮。就是這樣一條魚居然那樣安詳、那樣目空一切，悠閒地擺動牠的尾部。都像哲學大師了。我望著牠，幾乎快瘋了。對牠大吼了一聲，牠拐了一個彎，又游動了。牠的眼睛一眨不眨，臉上沒有委屈，沒有疼痛，甚至沒有將死的掙扎。我把牠從水裡撈上來，摜到地磚上，牠跳了兩下，於是死掉了。一個被扒去五臟六腑的生命何以能夠如此悠閒、如此雍容，實在是一種大恐怖。我沒有吃這條魚，把牠扔了。我固執地認定，這個被扒空的東西是我。它不可能是魚，只能是我。一定是我。得找女人。我要結婚。

結婚廣告發出去了，在晚報的中縫。廣告的廣告詞是「紅絲線」廣告公司為我設計的，我很滿意。廣告曰：某男，在新世紀大廈有一百一十六平方米的私宅，家有五只遙控器。體態華貴，態度雍容。有意者請與××××××（廣告公司電話號）聯繫。

廣告過後便是電視劇。電視屏幕上是這樣，生活也只能是這樣。我的戀愛生活在廣告過後就進入「故事」階段了。這裡頭很複雜，涉及到七位善良的女性。我和我的女朋友是在「紅絲線」聯誼會上認識的。我首先和我的那位「對子」見了面，不太滿意，我只好坐在一邊抽香菸。後來來了一個姑娘，體態和我一樣華貴，態度與我一樣雍容，看上去起碼也有一百六七。她從大門口笑咪咪地擠了進來。由於上帝的安排，我們對視了一眼。我們第二次對視的時候目光裡頭已經有好多一見鍾情了。要不怎麼說物以類聚呢。她坐到我的身邊，一開口就說出了我的名字。我的血液一下子就年輕了，蚯蚓一樣四處亂竄。我還沒有來得及回話，她又開口了，說：「我在公司的電腦裡頭見過你。」她說的公司當然就是「紅絲線」公司。我們談起話來了。我們說到了天氣、水果，我們聊起了趙本山和陳佩斯這樣的藝術大師，我們還差一點提到了美國總統克林頓。後來我們便出去吃飯了。我們一起吃了四次飯，看了三場電影，在街頭吃過八根「甜心」牌冷狗。有一次我們在吃過冷狗之後還接了吻，她的雙唇還保留冷狗的涼爽與甘甜。接完吻她就說：「真像又吃了一只冷狗，還省了四塊五毛錢。」我很瀟灑地說：「錢算什麼？」一個吻肯定不只四塊五毛錢。我的女朋友幸福地說：「那是。」

接下來我們就上床了，這是水到渠成的。吃過飯了，吃過冷狗了，上床的事就提到議事日程了。不上床愛情還怎麼持續？城市愛情不就是這樣的嗎？

幸虧我們上床了。我差一點鑄成大錯。上床之後我才發現，我們不合適。我太胖，而她也是。我們的腹部擠在一起，在關鍵時刻總是把我們推開來。這不是她的錯，當然也不是我的。我們努力了很久，絕不向命運低頭。然而，結果是殘酷的。我們的努力只能保留在淺嘗輒止這個初級階段。淺嘗輒止，你懂不懂？我完了。

我嘆了一口氣。不過我的朋友似乎並不沮喪。看得出她是一個灑脫的人，對床笫之事並不像我這樣死心眼，似乎是可有可無的，馬馬虎虎的。她在擦洗過後就把注意力移開了，把我的遙控器全抱在了懷裡，一樣一樣地玩。她開始遙控了，把室溫降到了十八度，然後，打開了電視、影碟機、音響。還叉著兩條光腿給她的同學打了一個電話，讓她「有空來玩」。後來電視畫面吸引她了，是一個黑色男人正和一個白色女人在沙灘上遊龍戲鳳。音響裡頭是美國搖滾，那一對情人就在搖滾樂中搖滾，瘋極了。看了我都來氣。我的朋友很溫柔地靠過來，小聲說：「怎麼啦？」我板著臉，盯住電視屏幕，一言不發。她丟下遙控器，說：「這是電視嘛，是表演嘛。」我的朋友見我不說話，就把音響的遙控器取過來，對著我的嘴巴摁住「加大」鍵。她摁得很死，搖滾樂都快炸了。我搶過遙控，關了，同時伸出腿去，把電視也關了。我只想對她說分手。可是在這樣的時候說分手也太過分了，我望著天花板，不知道怎樣開口。我沉默了好半天，終於說：「我們還是再了解了解吧。」「了解了解」，我的朋友聽出了話裡的話，臉上的顏色都變掉了，用遙控器都恢復不過來。她叉開腿，拍了拍大腿的內側，拍得劈里啪啦響。她大聲說：「都了解到這個份兒上了，還了解什麼？」這句話把我問得啞口無言。我說：「我不是那個意思。」我的朋友眼裡噙著淚花，目光在我的屋子裡晶亮亮地轉動。我知道她愛這個家，愛這所屋子，還有遙控。後來她盯著我，歪著頭說：「你把我睡了，要不你把處女膜還我，要不結婚。你要是賴賬，我就從二十八樓跳下去——我光了奶子光了屁股跳下去。」

我點上菸。端詳她。不是嚇唬我的樣子。我開始想像她墜樓的樣子，白花花地往下墜，那可是自由落體唷。自由落體是什麼也終止不了的，什麼樣的遙控器也無能為力。我的生命如果是一般錄像帶該有多好，不論發生什麼，摁下「暫停」就行了，再用「快倒」就可以恢復到先前的樣子。問題是，即使恢復到戀愛前的樣子，我還得去做廣告，還得認識她，還得吃飯、吃冷狗、接吻、上床，接下來只能是淺嘗輒止。我們的生活一定被什麼遙控了，這是命。我們的生命實際上還是一般錄像帶或ＣＤ般。我們的生命說到底還是某種先驗的產品，我們只是藉助於高科技把它播放了一遍。這真是他媽的沒有辦法。

一九九七年第二期《作家》

馬家父子

老馬的祖籍在四川東部，第一年恢復高考老馬就進京讀書了。後來老馬在北京娶了媳婦，生了兒子。但是老馬堅持自己的四川人身分，他在任何時候都要把一口四川腔掛在嘴上。和大部分固執的人一樣，他們堅信只有自己的方言才是語言的正確形式，所以老馬不喜歡北京人過重的捲舌音，老馬在許多場合批評北京人，認為他們沒有好好說中國話，「把舌頭窩在嘴裡做啥子麼？」

老馬的兒子馬多不說四川話。馬多的說話乃至發音都是老馬啟蒙的，四川話說得不錯。可是馬多一進幼兒園就學會用首都人的行腔吐字歸音了，透出一股含混和不負責任的腔調。語言即人。馬多操了一口京腔就不算純正的四川娃子。老馬對這一點很失望。這個小龜兒。

光聽馬多這個名字你可以知道老馬是個足球迷。老馬痴迷足球。痴迷那個用左腳運球的阿根廷天才馬拉多納。老馬希望自己的兒子能成為綠色草皮上的一代天驕，盤帶一只足球，在地球的表面上霸道縱橫。但是馬多只是馬多，不是馬拉多納。馬多只是他們班上的主力前鋒，到了校隊就只能踢替補了。然而老馬不失望。馬拉多納是上帝的奢侈品，任何人都不應當因為兒子成不了馬拉多納而失望。老馬這些年一直和兒子過，他的妻子在三年之前就做了別人的新娘了。離婚的時候老馬什麼都沒要，只要了兒子。那時候馬多正是一個十歲的少年，而老馬的妻子都三十四歲了。妻子不服老，都三十四歲了還紅杏枝頭春意鬧。老馬在第二年的春天特意到植物園看了一回紅杏樹。紅杏枝頭，多麼危險的地方。妻子硬是在這麼一個危險的地方開始了自己的第二個春天。老馬記得妻子和自己攤牌時的樣子，她倚在衛生間的門框上，十分突兀地點了一根菸，駱駝牌，散發出混合型烤菸的嗆人氣味。妻子猛吸了一口，對老馬說：「我要離。」妻子沒有說「我要離婚」，而是說「我要離」。簡潔就是力量，簡潔也就是決心。她用標準的電報語體表達了決心的深思熟慮性與不可變動性，隨後便默然了。她在沉默的過程中汪了一雙淚眼，她用那種令人憐惜的方式打量丈夫。老馬有些意外，一時回不過神來。老馬用四川話說：「離婚做啥子麼？我那（哪）個地方對不起你了麼？」妻子聽了這話便把腦袋側到衛生間的裡口，她用近乎控訴的語調失聲說：「你沒有對不起我，是生活對不起我。——這個鬼地方，我的大腿都叉不開！」老馬的住房只有十七個平方，小是小了點，可是把大腿叉開來肯定是沒有問題的。老馬不說話。知道她在外頭有人了，要不然也不會把駱駝牌香菸抽得這麼姿態動人。這個女人在外頭肯定是有人了，這個女人這一回一定是鐵了心了。女人只有鐵了心了才會置世界人民的死活於不顧。老馬很平靜。老馬在大病過後一直驚奇當初的平靜。他走到妻子身後，接過她手裡的菸，埋了頭只顧抽。後來老馬抬起頭，像美國電影裡的好漢那樣平靜地說：「耗（好）。龜兒子留啥（下）。」

兒子留下了，妻子則無影無蹤。老馬在生病的日子裡望著自己的兒子馬多，想起了失敗，想起了馬拉多納輸掉了一生。失敗的生活只留下一場查不出的病；失敗的婚姻只留下孩子這麼一個副產品。其餘的全讓日子給「過」掉了，就像馬拉多納「過」掉那些倒楣的後衛。

老馬什麼都可以不要，但是兒子不能。兒子是老馬的命。老馬在離婚之後對兒子的疼愛變得走樣了，近乎覆蓋，近乎自我，近乎對自己的瘋狂奴役。老馬在醉酒的日子多次想到過再婚，老馬的歲數往四十上跑了，正處於一個男人由「狼」而「虎」的轉型期，身體內部的「虎」、「狼」每天都在草原上款款獨步。牠們遠離羊群，餓了肚子，時刻都有衝刺與猛撲的危險性。牠們和「紅杏枝頭」一樣危險，稍不留神就會把羊脖子叼在自己的嘴裡了。那可是偉大的「愛情」呢？愛情不是欲望又能是什麼？而婚姻不是愛情又能是什麼？所以老馬時刻警惕自己，用馬多的身影趕走那些綽約和裊娜的身姿，趕走時刻都有可能琅琅作響的劍膽琴心。兒子馬多不需要後媽，當老子的唯一可做的事情就是把褲帶子收收緊，然後，弄出一副平心靜氣的模樣來，對自己說：「你不行了，軟了，不中用了。」於是老馬就點點頭，自語說：「不行了，軟了，不中用了。」

兒子馬多正值青春，長了一張孩子的臉，但是腳也大了，手也大了，嘎了一副公鴨嗓子，看上去既不像大人又不像孩子，有些古怪。馬多智能卓異，是老馬面前的混世魔王。可是馬多一出家門就八面和氣了。馬多的考試成績歷來出眾，只要有這麼一條，馬多在學校裡頭就必然符合毛澤東主席所要求的「三好」與小平同志所倡導的「四有」。馬多整天提了一枝永生牌自來水筆到校外考試，成績一出來，那些分數就成了學校教學改革的成果了。學校高興了，老馬也跟著高興。老馬在高興之餘十分肉麻地說：「學校就是馬多他親媽。」這句話被綠色粉筆寫在了黑板上，每個字上還加了粉色邊框。

在一個風光宜人的下午，老馬被一輛豐田牌麵包車接到了校內。依照校方的行政安排，老馬將在體育場的司令臺上向所有家長做二十分鐘的報告。報告的題目很動人，很抒情，《怎樣做孩子的父親》。許多父親都趕來了。他們就是想弄明白到底怎樣做孩子的父親。

老馬是在行政樓二樓的廁所裡頭被馬多堵住的。老馬滿面春風，每一顆牙齒都是當上了父親的樣子。老馬摸過兒子的頭，開心地說：「嗨！」馬多的神情卻有些緊張，壓低了嗓門厲聲說：「說普通話！」老馬眨了兩回眼睛明白了，笑著說：「曉得。」馬多皺了眉頭說：「普通話，知不知道？」老馬又笑，說：「茲（知）道。」馬多回頭看了一眼，打起了手勢，「是 zhī dào，不是 zī dào。」老馬抿了嘴笑，沒有開口，再次摸過兒子的頭，很棒地豎起了一隻大拇指。馬多也笑，同樣豎起一隻大拇指。父子兩個在廁所裡頭幸福得不行，就像一九八六年的馬拉多納在墨西哥高原捧起了大力神金杯。

老馬在回家的路上買了基圍蝦、紅腸、西紅柿、捲心菜、荷蘭豆。老馬買了兩瓶藍帶啤酒、兩聽健力寶易拉罐。老馬把暖色調與冷色調的菜肴和飲料放了一桌子，看上去像某一個重大節日的前夜。老馬望著桌子，很自豪地回顧下午的報告。他講得很好，還史無前例地說了一個下午的普通話。他用了很多捲舌音，很多「兒化」，很不錯。只是馬多的回家比平時晚了近一個小時，老馬打開電視，趙忠祥正在解說非洲草原上的貓科動物。馬多進門的時候沒有敲門，他用自己的雙象牌銅鑰匙打開了自己的家門。馬多一進門憑空就帶進了一股殺氣。

老馬搓搓手，說：「吃飯了，有基圍蝦。」老馬看了一眼，說：「還有健力寶。」

馬多說：「得了吧。」

老馬端起了酒杯，用力眨了一回眼睛，又放下，說：「我記得我說普通話了嘛。」

「得了吧您。」

老馬笑笑，說：「我總不能是趙忠祥吧。」

馬多瞟了一眼電視說：「你也不能做非洲草原的貓科動物吧。」

老馬把酒灌下去，往四周的牆上看，大聲說：「我是四川人，毛主席是湖南人，主席能說湖南話，我怎麼就不能冒出幾句四川話！」

馬多說：「主席是誰？右手往前一伸中國人民就站立起來了，你要到天安門城樓上去，一開口中國人民準趴下。」

老馬的臉漲成紫紅色，說話的腔調裡頭全是惱羞成怒。老馬呵斥說：「你到坦尚尼亞去還是四川人，四川種！」

「憑什麼？」馬多的語氣充滿了北京腔的四兩撥千斤，「我憑什麼呀我？」

「我打你個龜兒！」

「您用普通話罵您的兒子成不成？拜託了您哪。」

老馬在這個糟糕的晚上喝了兩聽健力寶，兩瓶藍帶啤酒，兩小瓶二兩裝紅星牌二鍋頭。那麼多的液體在老馬的肚子裡翻滾，把傷心的沉渣全勾起來了。老馬難受不過，把珍藏多年的五糧液從床頭櫃裡翻上桌面，啟了封往嘴裡灌。家鄉的酒說到底全是家鄉的話，安撫人，滋潤人，像長輩的詢問一樣讓人熨貼，讓人傷懷。幾口下去老馬就吃掉了。老馬把馬多周歲時的全家福攤在桌面上，仔細辨認。馬多被他的媽媽摟在懷裡，妻子則光潤無比地依偎在老馬的胸前，老馬的臉上勝利極了，衝著鏡頭全是樂不思蜀的死樣子。兒子，妻子，老馬，全是胸膛與胸膛的關係，全是心窩子與心窩子的關係。可是生活不會讓你幸福太久，即使是平庸的幸福也只能是你的一個季節，一個年輪。它讓你付出全部，然後，拉扯出一個和你對著幹的人，要麼臉對臉，要麼背對背。手心手背全他媽的不是肉。對四十歲的男人來說，只有家鄉的酒才是真的，才是你的故鄉，才是你的血脈，才是你的親爹親娘，才是你的親兒子親丫頭。老馬猛拍了桌子，吼道：「馬多，給老子上酒。」

馬多過來，看到了周歲時的光屁股，臉說拉就拉下了。父親最感溫存的東西往往正是兒子的瘡疤。馬多不情願看自己的光屁股，馬多說：「看這個幹什麼？」老馬推過空酒杯，說：「看我的兒。」馬多說：「抬頭看唄。」老馬用手指的關節敲擊桌面，衝著相片說：「我不想抬頭，我就想低下頭來想想我的兒子——這才是我的兒，我見到你心裡頭就煩。」

「喝多了。」馬多冷不丁地說。

「我沒有喝多！」

馬多不語，好半天輕聲說：「喝多了。」

老馬在平靜的日子裡一直渴望與兒子馬多能有一次對話，談談故鄉，談談母親或女人，談談生與死，談談男人的生理構造、特殊時期的古怪體驗，乃至於夢中的畫面，夢的多能性與不可模擬性。老馬還渴望能和兒子一起踢踢足球，老馬坐鎮中場，平靜而自如地說起地面分球，沿著兒子馬多的快速啟動來一腳準確傳送。然而老馬始終不能和兒子共同踢一只足球，不能和兒子就某一個平常的話題說一通四川話。兒子馬多不願意追憶故鄉，兒子馬多不願意與四川人老馬分享四川話的精采神韻。兒子馬多的精神沿著北京話的捲舌音越走越遠，故意背棄著故土，故意背棄老馬的意願。老馬只能站立在無人的風口，來一聲長嘆，用那種長嘆來憑弔斷了根鬚的四川血脈。

離開故鄉的男人總是在兒子的背影上玩味孤寂。老馬嘆息說：「這個雜種龜兒。」

星期天下午是中國足球甲A聯賽火併的日子。老馬怎麼也不該在這一個星期天的下午陪兒子去工人體育場看球的。因為有四川全興隊來北京叫板，老馬買了兩張票，叫上了兒子馬多，開心地說：「兒子，看球去。」

老馬和馬多坐在四川球迷的看臺上。只要有全興隊的賽事四川的球迷就成了火鍋。他們熱血沸騰，山呼海嘯，衝著他們的綠茵英雄齊聲呼喊：「雄起！雄起！」

馬多側過臉，問父親說：「雄起」是什麼意思？

父親自豪地說：「雄起就是勃起，我們四川男人過得硬的樣子。」

馬多的雙手托住下巴，臉上是那種很不在乎的神氣。馬多說：「咱北京人看球只有兩個詞，踢得棒，牛 **Bī**，踢得臭，傻 **Bī**。」

草皮上頭綠色御林軍與四川的黃色軍團展開了一場偉大的對攻。數萬球迷環繞在碗形看臺上，興奮得不行。馬家父子埋在人群裡，隨場上的一攻一守打起了嘴仗。父親叫一聲「雄起」，兒子馬多則說一聲「傻 **Bī**」；相反，老馬黯然神傷了，兒子馬多就會站起來，十分權威十分在行地點點頭，自語說：「牛 **Bī**。」

首都工體真是北京國安隊的福地，四川男人在這裡就是過不硬。四川全興沒有「雄起」，而北京國安卻瀟瀟灑灑「牛 **Bī**」了一把。兒子馬多很滿意地拍拍屁股，側過臉去對老馬說：「看見沒有？牛 **Bī**。」

老馬，這位四川全興隊的忠實球迷，拉下了臉來，脫口說出了一句文不對題的話：「晚上回去你自己泡康師傅！」

兒子馬多拖了一口京油子的腔調說：「說這麼傷感情的話忒沒勁，回頭我煮一鍋龍鳳水餃伺候您老爺子。」

老馬站起來退到高一級的臺階上去，不耐煩地說：「你說普通話耗（好）不耗（好）！別弄得一嘴京油子耗（好）不耗（好）！」

「成。」馬多說，「兒子忒明白您的心情。」

然而北京國安隊在數月之後的成都客場來得就不夠幸運，他們被一浪高過一浪的四川麻辣燙弄得陣腳大亂。他們的腳法不再華美，他們的切入不再犀利，他們的滲透不再像水銀那樣靈動，那樣飄忽不定，那樣閃閃發光。他們的軟腿露出了「傻Bi」的糟糕跡象，一句話，四川人徹底「雄起」了，五萬多四川人一起用雄壯的節奏跟隨鼓點大聲呼叫，咚咚咚，雄起！咚咚咚，雄起！

老馬坐在自家的臥室裡聽到了同胞們的家鄉口音。老馬不是依靠中央五套的現場轉播，而是只用耳朵就聽到了巴蜀大地上的盡情吶喊。馬多歪在沙發上，面色沉鬱，一副惹不起的樣子。老馬斜了兒子馬多一眼，鑽到衛生間裡去了。老馬掏出小便的東西，等了一會兒，沒有，又解開褲子，坐下去，別的東西也沒有。

但是老馬心花怒放，積壓在胸中的陰霾一掃而光了。老馬拉開水箱，把乾乾淨淨的便槽嘩里嘩啦地沖過了一遍，想笑，但是止住了。老馬從衛生間裡出來，搓搓手，說：「兒子，晚上吃什麼？」

馬多望著父親，耷拉著眼皮說：「你樂什麼？」

「沒有哇，」老馬不解地說：「我樂什麼了？」

「您樂什麼？」

「我去買點皮皮蝦怎麼樣？」

馬多一把就把電視機關了。「您樂什麼？」

「我真的沒有樂。」

馬多撇下他的嘴唇。他的撇嘴模樣讓所有當長輩的看了都難堪。馬多說：「別憋了，想樂就樂，我看您八成兒是憋不住了。」

老馬站在衛生間的門口，真的不樂了。一點都樂不出來了。

「我怎麼就不能樂了？我憑什麼不能樂？家鄉贏球，老子開心。」

「可是您憋什麼呀您？您樂開了不就都齊了？您憋什麼呢您。沒勁透了，傻

Bī透了。」

「誰傻Bī？馬多你說誰傻Bī？」

「都他媽的傻Bī透了。」

老馬突然就覺得胸口被什麼東西撕開了一條縫，冷風全進去了，那不是四川的風，是北方的冷空氣，伴隨了哨聲與沙礫。老馬想起了妻子和他攤牌的樣子，想起了這些年一個孩子給他的負重和委屈，想起了沒有呼應的愛與寂寞，老馬就剩下心愛的足球和遠方的故鄉了，可是在家裡開心一下都不能夠。老馬的淚水一下子就汪開了。老馬掄起右手的巴掌，對著馬多的腮幫就想往下抽。老馬下不了手。老馬咬了牙大聲罵道：「你傻Bī，你這小龜兒，你這小狗日的！」

「我可是你日的，」馬多說，「怎麼成狗日的了？」

老馬一巴掌拍到自己的臉上，轉過身去對了自己的鞋子說：「我這是當的什麼老子？龜兒，你當我老子，我做你的兒子耗（好）不耗（好）？耗（好）不耗（好）？」

一九九七年第二期《作家》

八床

當爹的決定去住院，那天有一顆上好的太陽。當爹的看見陽光把他的身影複印在水泥階梯上，一折一折拐了好多彎。當爹的看見自己的身影往醫院去，就像從複印機裡一點一點往外吐。

當爹的住院不同於常人所說的住院。他的健康沒有問題。也就是說，他的身體在醫院裡不接受內科及外科療治。他只是住院，即居住或下榻在醫院裡。做出這個決定的是他自己。那時候當女兒的正捧著一摞子牛皮信封回來，七零八落捂在胸前，當女兒的喜氣洋洋，倚在門框上對當爹的說：「批下來了。」這句話往細處推究有很複雜的人情世故，往粗裡說，就是她到歐洲「考察」的申請終於批下來了。同去的還有她的丈夫，即當倒插門女婿的。當爹的聽完女兒的話也喜氣洋洋了，從沙發裡撐起身，背著手在拼木地板上踱步，連聲說：「批下來就好。」當女兒的放下信封後說：「你怎麼辦？」當爹的鰥居多年，並不畏懼獨處，對這個問題似乎早有準備。他從後腰抽出左手，舉過頭頂，手背向外揮了揮，恢復了當年的領導者風姿，大聲說：「你們去。」當女兒的說：「要不你到他們家將就兩個月。」當爹的不肯和親家一起將就，喜孜孜地說：「我早想好了，你們出國，我一個人去住兩個月的院。」當女兒的有些吃驚，說：「你哪裡不好，怎麼要住院？」當爹的臉上露出了孩子般的頑皮笑容，是那種鄉下孩子才有的好奇與新鮮。當爹的說：「進城都四十年了，還沒像城裡人那樣住過醫院呢。」當女兒的望著當爹的粗矮身段，心裡頭一下就明白了。這個城市是當爹的親手解放的，他哪裡沒去過？就是沒住過醫院。醫院是他心中渴望已久的聖殿，是他的歐羅巴大陸，許多人都住過了，他怎麼能不住呢。當女兒的望著爹，幸福地說：「爹也肯浪費國家的錢了。」當爹的只是順著女兒笑，又純明又邪乎，又幸福又腼腆，真是越老越小了。當爹的關照說：「你把小蕾子送到她奶奶家。」當女兒的點點頭，微笑著與當爹的默然對視。幸福到了盡頭，卻有點酸楚了，教人想哭。真是好事成雙來。

當女兒的辦事利索。她用改革開放的速度把當爹的安置進了醫院。四病區，九樓，朝南，靠窗，八床。當爹的手持當天的日報走進了病房。窗外是上好的太陽，當爹的步伐矯健，神采奕然，舉手投足裡夾雜了昔日頑童與昔日領導的雙重性質。九樓的甬道刷成了蘋果綠，是一個乾淨、漫長的長方體空間。甬道的那頭是一扇對門，落了一把大鐵鎖。鎖的表層一塵不染，但老得不行了，早就遺忘了鑰匙，也可以這麼說，老得讓鑰匙廢棄了。光顧它的只有病人的無聊撫摩。當爹的一直走到甬道的盡頭，捏住鎖，掀起來看一眼鎖屁眼，這是常人對待棄鎖的必然態度。當女兒的站在病區房門口，「噯」了一聲。當爹的望著鎖屁眼，目不斜視，嘴裡卻說：「知道了。」這樣的對話沒有邏輯性，是家族內部依照家庭秩序建立起來的對話模式與體系。當女兒的和身邊的白大褂女人相對一笑，有些尷尬，解釋說：「父親對你們醫院一直很關心。」白大褂女人笑著說：「是啊，老首長對我們確實一直很關心。」當女兒的走上來，給當爹的耳語了一句什麼，當爹的放下鎖，一邊點頭一邊邁開粗壯短腿，上了八床。

當爹的只看完日報第一版，一床的病人就撐起了上身。整個立方體白色空間裡就他們兩個人。一床與八床處在對角線的兩極，他們對視的視線構成了對角線。這種對視方式適合於表達仇恨、存疑、嘲諷或窺視等負性心理。一床是個乾癟老頭，看不出歲數，兩腮凹得厲害，健康狀況比奄奄一息強不了哪裡去。他的嘴抿得極努力，但有一只牙齜在外頭，又髒又長，形狀離奇古怪，類似於童話中的猛惡獸類。那只牙與他的目光一起，斜開四十五度角，嚴厲地指責八床，透出一股大不善。當爹的避開他的目光，打開報紙的二版。二版有一條街心凶殺案。當爹的把凶殺案無端地聯繫到了一床頭上，至少，在當爹的內心，已經把殺人的罪名推到那只獨牙上去了。

推送藥車的是一個小丫頭。臉上蒙著一只大口罩，這使她的表情成了一塊乾淨紗布。小丫頭把車推到一床，端起一只焦木瓶蓋。一床很安穩地伸出手，接過藥，幾乎在同時張開嘴，呼嚕一聲捂了進去。一床鴨子那樣伸了伸脖子，他的脖子和他脖子上的皺皮極不配套地亂動。他就這樣把一把藥片乾吞了。吞下藥他抿好嘴，那只牙齒卻歪在一邊指著八床，像在揭發：還有他！

小丫頭來到八床，說：「吃藥了。」

當爹的抬起頭，想了想說：「我沒病。」

「吃藥了。」

「你去問我的女兒，我好好的，我沒病。」

小丫頭拿起另一只焦木瓶蓋，動作與眼神不鏽鋼一樣充滿了醫學精神，「吃藥了。」

「我吃什麼藥？」當爹的壞脾氣一下就上來了，「我有什麼病？你怎麼能逼我吃藥，你去問我的女兒！」

「這是哪兒？沒病你躺在這兒做什麼？」

當爹的下了床，「我走，」他說，「我走總可以吧！」

「你當這是賓館了？說進就進，說走就走？不把你的病治好，我們怎麼能讓你走——吃藥了。」

當爹的軟了。他沒有說不，也沒有說豈有此理。當爹的伸出巴掌，接過藥。

他仔細打量手裡的藥片和藥片鼓形平面上的外文字母。當爹的用溫水把藥片嚥下去，吐了吐舌頭，沒有吐出一個外文字母。

夜與玻璃一樣黑，與玻璃一樣恪守闃靜。當爹的坐在床上，背倚牆壁，睜著一雙老花眼靜靜地失眠。老人的眼睛在失眠之夜會再一次清晰，看見的都是舊日時光。當爹的把自己的一生粗粗看了一遍，有些怕，盡是些需要藉口和附加條件才能講述的故事。當爹的嘆了一口氣。回憶是上帝對人的終極懲罰，人的最後噩夢將終止於自我追憶。

一床上同樣坐著一團黑影，熄燈之前他就那麼坐著了，一言不發地打量八床。當爹的疑心一床也沒有睡，張大了賊眼，始終在濃黑之中衝著自己炯炯有神。這個推測讓當爹的極不放心，他悄悄伸出手，摸到牆上的電燈開關。當爹的一開燈就看見了那雙眼睛，在斜對面，目光呈四十五度角，盯著他，看。當爹的心裡就咯噔一下，慌忙關上燈，屋子裡一片黑。夜間綿延不斷的盡是數不完的瞳孔與瞳孔。人在失眠之夜才會明白，夜是一隻最瘋狂的獨眼，盯著你，讓你無處躲藏。眼睛最怕看見的東西是眼睛，追憶最怕想起的正是追憶，失眠之夜老人對此堅信不疑。

遠處響起了哭聲。是醫院的夜間最為日常的那種放聲尖號。幾個女人的號叫爆發在底樓，尖叫聲跟隨在一輛移動車輛的身後，朝九樓疾速靠近。不久當爹的聽到一扇鐵門的啟動聲，鐵門很大，啟動起來吃力而又緩慢，但鐵門上拴著的那根鏈子卻靈巧異常，在鐵門的開啟過程中不斷地撞擊鐵門框，發出清冽冰涼的冥世召喚。隨後「咣噹」一聲巨響，大鐵門闔上了。整個夜空響起了那陣金屬撞擊聲，由粗往細傳遞，夜空就是被這樣的聲音弄成渺遠無垠的。

「又死了一個。」濃黑中一床冷不丁這樣說。這五個字聽上去特別。當爹的覺得一腳踩進了沼澤，深處躥出了五個氣泡。

當爹的就這麼坐到了天亮。

天亮後當爹的氣浮心虛，眼皮和腳背好像全腫了，體內貯滿了一種膠狀物質，又沉重又混濁。當爹的瞄了一眼一床，他睡得很穩當，胳膊和腿扔得東一件西一件。那張大嘴巴張開了，獨牙翹在一邊，很炫耀的樣子，很勝利的樣子。整個病房瀰漫了他的酸惡口臭。當爹的走上陽臺，做了幾個深呼吸，總是吸不到位，呼出來的氣味倒是帶上了酸惡口臭。

這是一個陰天。太陽光也沒勁，不足18K的樣子。天空和當爹的身體一樣，貯滿了沉重與混濁的膠狀物質。

當爹的決定下樓。他要找到那扇門。這個決定沒有任何理由，和他一生中做過的大部分決定一樣，說不出理由與出處，僅僅是一個決定。

找那扇門花了當爹的半個小時。當爹的有得是時間，但當爹的找得急，步履裡頭看得見爭分奪秒。那扇鐵門離九樓實在有些距離，怎麼在夜裡聽起來就那麼近。當爹的走到鐵門面前，門與門之間錯開了一條縫，當爹的堵在這道縫隙中間，順手拿起拴在門上的那根鏈子，上頭也有一只鎖，大大方方開著。當爹的望著鎖，心思走遠了。鎖真是個怪東西，和人一樣多，各有各的心思，各有各的來頭，各有各的緘默狀態，越是沒用，越是忙碌風光。

裡頭走過來一身白的老男人，又寬又胖，步行動態愚笨而又吃力，他的手上提了一只消毒噴霧器，在口罩後頭含含混混地說：「找誰？」

當爹的沒聽清。那人用小拇指勾住口罩的一角，瓮聲瓮氣地說：「找誰？」

當爹的往後退了一步，「不找誰。」

那人的眼睛從頭到腳打量當爹的，眼珠動得極慢。他的目光很怪，像噴霧器的噴嘴，只會弄出霧狀煙靄。只有終年與死亡對視的人才會有這樣的目光：從來不相信你是活的。這次對視以當爹的撤出視線而告終。當爹的在眼睛上已經兩次被目光打敗了，嚴格地說，向目光投降了。這可不是好兆頭。當爹的把目光移向身邊的電線杆。電線杆上沒有電線，從上到下有許多鐵鏽。

小護士送來了開水。一床和八床一家一只熱水壺。塑料殼，綠色。一床睡在床上，既像生命垂危，又像日漸好轉，說不好。當爹的正無聊，望著這只綠色塑料壺，失神。水壺的軟木塞跳了出來，在水磨石地面上轉。當爹的下了床，撿起來塞上。當爹的順便打開微型收音機，一個女的在唱，太快，聽不明白，像燙著了那樣。水壺「啵」一聲，塞子又跳出來。當爹的又撿，又塞好，用力摁了兩下。這一回軟木塞反應極快，當爹的都沒來得及回頭，塞子就歪在壺口了，有點撒嬌的樣子。當爹的關上收音機，像看見外孫女了，心裡頭一高興，決定和水壺玩。當爹的雙手捧住壺，移到地面，蹲下去，扶正了塞子後就撐住膝，弓著腰仔細地看，仔細地等。當爹的心裡想，要再跳，我就有病；要不跳，我就沒病。當爹的蹲累了，站起了身子，背著手，像當年視察時給攝影記者擺造型。結果當爹的贏了，塞子證明了他的健康狀況。當爹的把水壺移到茶几，在衛生間裡很高興地撒了一泡尿，非常流暢，非一般人所能為。

當爹的回到病房，一床正衝著他笑。皺紋極不講究，東一榔頭西一棒。當爹的見到這種笑心裡就虛。一回頭，水壺上的塞子不知滾到哪裡去了。當爹的頓時覺得自己真的病了。當爹的坐上床，嘆了口氣，後悔剛才不該走。真是人在人情在。

院牆外是一個菜場。一早就有人叫賣了。當爹的吃完藥繞了一個大圈，走進了農貿菜場，當爹的走得很慢，在一片嘈雜聲中到處細看。芸芸眾生在菜市場裡顯得很有活力，每天的生活就在討價還價中開始了。當爹的背著手，親切地問問價，親切地點點頭。

肉攤上掛滿了鮮豬、鮮羊，它們半片半片地掛在半空，是豐衣足食的富裕景觀。當爹的望著滿眼的肉，感覺到了世俗生活的可親可愛。當爹的很客氣地和一位買肉的說了半天話，想起來自己實在應該出院了。

這時候不遠處響起了一聲金屬聲。是關鐵門的金屬聲。沒有得到市場上任何人的關注。但當爹的耳熟，一抬頭，看見了那根電線杆，上頭鏽跡斑斑。當爹的重新低頭時眼前盡是動物的屍體。人類的屍體躲在大牆內，是他們點綴了莊重、沉痛、悲戚這些美好話題，而動物屍體標誌了世俗豐盛與繁榮。所謂好市場，即屍體的好賣與不好賣。這個文不對題、狗屁不通的想法打垮了當爹的。當爹的逃回醫院，好不容易甩掉了滿世界白花花的屍首。下半夜當爹的被一個噩夢驚醒了。當爹的看見一片黑，想不起在哪兒。他的手在牆上摸，碰到了開關。叭一聲，亮了。幾乎在同時一床撐起了上身，他撐得很吃力，驚恐地四處打量，那只牙成了一隻蛇芯子，在下半夜叉來叉去。當爹的嚇了一跳，那個噩夢再也沒能想得起來。他能肯定的只有一點，噩夢與他年輕時的風光緊密相連。年輕時的風光就這樣，上了歲數會用噩夢再現出來。

當爹的突然發現了一件事，一床除了藥，幾乎不吃任何東西。他不下床，不上廁所，但就是活著。當爹的奇怪怎麼現在才發現這件事，一床都快成精了。當爹的懷疑他這樣半死不活，至少能拖一千年。這個想法生出許多冰涼，砭人肌膚。

但就在這個下午一床開始了進食。他從櫃子裡取出了一只大紙包，裡頭全是蛋糕。他從下午三點一直吃到下午六點。他沒有牙，咀嚼時下巴誇張地上去下來，顯出窮凶極惡，而那只牙這時反倒與世無爭了，無所謂的樣子。他在三個小時之內一共吃完了二十四只蛋糕（含六杯開水）。他吃出一頭汗，累了，嚼不動了。六點十分，一床嘆了口氣，自語說：「還餓，吃不動了。」

這個漫長的過程之後，一床終於下床了。他用腳找鞋時，當爹的目睹了他的腿和腳，像醃過了晒乾的一樣。這等於說，他的步行完全像行屍。而他的步行出奇成功，稱得上飄飄欲仙。

一床走到當爹的面前，他的胃部凸在那兒，一眼可見二十四只蛋糕與六杯水的膨脹體積。一床把脖子伸過來，客客氣氣地對當爹的說：「你見過迴光返照沒有？——你看看我現在。」

當爹的搖了搖頭，舌頭硬在一邊。

一床笑了笑，悄聲說：「你別告訴醫生。」

一床望著當爹的，只是笑。他的瞳孔裡頭死亡閃閃發光、神采飛揚、活靈活現，處處洋溢出死亡的健康活力。

當爹的往後挪了挪身子，說：「我不說。」

一床大約死於第三天夜間三時二十分。那時候當爹的還沒有入睡。當爹的在那幾天裡幾乎被他弄瘋了。一床不停地說，都是當爹的聽不明白的話。幾個夜間當爹的一直坐在床上，這種時刻清醒尤為寶貴。但清醒一旦寶貴，就必須承擔恐懼。當爹的覺得自己也耗得差不多了。世界在他的眼前出現了重影。

第三天夜間三時二十分，當爹的打開燈。他做好準備了，知道一床會撐起上身看他、吐蛇芯子的，但一床沒有動靜，當爹的開始怕。等了一會兒，還是沒動。當爹的慌忙關上燈，把自己裹到白被單裡去。白被單就那麼顫抖到天亮。這種狀況客觀上使當爹的信守了諾言，他沒有叫醫生。一床空下來之後當爹的生出了許多毛病，其中有一條就是怕大量吃東西。當爹的就此認定那是一種迴光返照。當爹的整天餓，用了個把月才習慣，吃不吃無所謂了。當爹的整天躺在床上，少吃，少喝，少走動，少說話，耐著心等待女兒。他要對女兒說：「帶我回家，我要出院。」

當女兒的是如期歸國的。說起來真是彈指一揮。當女兒的一見到當爹的放聲就哭。但隨後當女兒的自己用手捂住了，五隻指頭在臉上無序亂動，淚水只是奪眶。當爹的從床單下面伸出手，一把握住了當女兒的。當爹的竟也哭了，說：「乖，帶我回去，快。」

當女兒的使勁點頭，她當即找到了醫生。醫生和她寒暄了兩句，把當女兒的拉到了一邊，小聲說：「還是住在這裡好。你要轉院我幫你找朋友。」

一九九五年第五期《作家》

是誰在深夜說話

關於時間的研究最近有了眉目，我發現，時間在大部分情況下只呈現兩種局面：一，白晝；二，黑夜。時間大致上沒有超出這兩種範疇。但是，人類的生存習慣破壞了時間的恆常價值，白晝的主動意義越來越顯著了，黑夜只是做為陪襯與補充而存在。其實我們錯了。我想把上帝的話再重複一遍：你們錯了，黑夜才是世界的真性狀態。

基於上述錯誤，我們在白天工作，夜間休息。但是，優秀的人不，也可以這麼說：接近上帝的人不採取這種活法。例子信手拈來，我們的哲學家，我們的妓女，他們就只在夜間勞作。白天裡他們馬馬虎虎，整天瞇著一雙瞌睡眼。他們處置白晝就像我們對待低面值破紙幣，花出去多少就覺得賺回來多少。

我也是夜裡不睡的那種人。我的生命大部分行進在夜間。熬夜消耗了我的許多大好時光，反過來說也一樣，熬夜構成了我的許多大好時光。但我必須把話挑明了說，我熬夜並不能說明我也是優秀的那種人，不是的。我只是有病，失眠。你千萬別以為我能和哲學家、妓女平起平坐了，這點自知我還有。在夜間我偶爾跟在哲學家或妓女身後，狐假虎威，或虎假狐威，都一樣。

我住在南京城的舊城牆下面，失眠之夜我就在牆根下遊蕩。這裡是哲學家與妓女常出沒的地方。城牆下有許多樹，樹與樹不一樣，但每棵樹有每棵樹自己的哲學家，這一點至關重要。它決定了那麼多的樹在根子上是相通的。

稍通歷史的人都知道，南京的城牆始於明代。我在一本書上發現，那時候城牆下徘徊的可不是哲學家與妓女，而是月光與狐狸。這兩樣東西加在一起鬼氣森然。但鬼氣森然不是大明帝國的風格。大明帝國的南京紙醉燈迷，遍地金粉，秦淮河邊雲集了最傑出的哲學家和最傑出的妓女。幾乎所有的中國人都能對明代的妓女如數家珍，董小宛、柳如是、李香君……扳一扳指頭就是秦淮八豔。南京城今天的泱泱帝氣得力於明代，得力於秦淮河邊彩袖弄雨的驚豔一絕。

那一天夜裡有很好的月亮，由於月亮的暗示，我把自己想像成狐狸。我點了根菸，以動物的心態貼牆而行。我發現夜很好，真的好極了。月亮照在城牆上，城牆很破，坍塌了許多塊，但破得不失大氣，有臉有面，月光一照，像一張高清晰度的黑白相片。我行走在夜裡，我知道黑夜是沒有朝代的，所以我可以在明代散步。只走了兩步我就想哭泣，我懷念明代，明代的南京城感人至深。當然，南京現在比那時強多了，人人會說普通話（即官話），家裡的衛生間貼上了瓷磚，去年的十月一日還放了禮花。但做為一個夜間失眠的人，一個夢遊者，我的夢始發於明代。至少，在每天的黃昏過後，月亮總是從四百年前升起，籠罩了一圈極大的古典光暈。

我和鄰居的關係不好。我是說不好，也不一定就是說壞。我們處在一種「物我兩忘」的情境中。當然，對小雲我不能夠。小雲是我們樓上最著名的美人，從長相上說，她的眼角和走路的樣子都接近於狐狸。她的笑容相當迷人，往往只笑到一半，就收住了，另一半存放在目光的角度裡頭。許多夜裡我看見她行走在牆根邊沿，她走到哪裡哪裡的月亮就流光溢彩，哪裡的天空就會有一朵雨做的雲。事實上，她的行蹤和狐狸十分相似，走得好好的，然後在某一棵大樹下面滯留片刻，裙子的下襬一閃，她就沒了。我欣賞她身上的詭異風格。我曾經非常認真地準備向她求婚，我已經打聽到她是秦淮煙雨小學的音樂老師，甚至連她擅長吹簫我也打聽得清清楚楚。那幾天我整天想像小雲撫管弄簫的模樣，越想越陷入痴迷。她吹簫時的脖子應該傾得很長，下唇摁在簫管的頂部，十隻指頭參差婀娜，像白蠟燭，浸淫在半透明的光中。我必須坦白，我的想像夾雜了相當的色情內容，但這怨不得我，我都三十好幾的人了，至今都沒有挨過女人。你們都是飽漢，哪知餓漢饑；再說，我整天讀那些舊書，哪一本不鬧人？

我把我的想法告訴了劉大媽。這名字一聽就是居委會的主任。劉大媽聽完我的話推了我一把，笑著說：「書呆子，人家嫁給你？人家可是雞窩裡的金鳳凰！」好多人聽到了劉大媽的這句話，他們笑得很厲害。他們一邊笑一邊側過頭去往小雲家的門口看，小雲正在那裡洗頭，旁邊晒著她的紫裙子。她的動作又懶又散和她的眼神一樣有一股仿古氣息，像秦淮河裡四百年前的倒影。我傷心地望著小雲，傷心地瞇起了雙眼。我一瞇眼小雲和她的紫色裙子離我竟遠了，成了我和劉大媽討論婚姻大事的舊背景。我失神了，無端端地想起了一本書上的話：不是歷史滋養了現在，而是現在照亮了歷史。這話說得多好，小雲活生生地在那裡洗頭，她的長髮足以概括整個明代，足以說明任何問題。

江蘇省興化市第二建築隊終於駐紮在城牆邊了。有七支建築隊參加了南京市舊城牆的修理招標，興化市第二建築隊成了最後的勝利者。為了不影響市內交通，他們的修理工程選擇在每天夜晚，正像牌子上標明的那樣：晚上八時至凌晨四時。這是一個好的決定。修理城牆這樣的事應當「歷史地」放在深夜。這再一次證實了我的研究成果。細心的讀者還記得我在小說的開頭所講的話。歷史大部分是在白天完成的，而修補歷史是另一碼事，只能在深夜。

一盞兩千瓦的太陽燈懸掛在城牆垛口。城牆因此而驚心動魄，城牆上的野草、傷痕、子彈坑因此而纖毫畢現。我就此改變了夜間散步的習慣，拿了一張小凳，通宵坐在攪拌機的旁邊。建築隊的隊長後來發現了我，他特地從城牆的斷裂處爬下來，向我彙報了工程的總體構思。我接過他的菸，不說話，直到最後我才點了點頭，對他說：「可以。」他的話說得很多，概括起來說，他決定把城牆修復到比明代「還完整」。他把這話重複了一遍，我看了他一眼，告訴他「可以」。我順便問了一句，明代的城牆到底什麼樣？他把手頭的過濾嘴扔到攪拌機的水泥漿裡去，大聲說：「修出來看，修起來是什麼樣明代就是什麼樣。」我拍了拍他的肩，這傢伙不錯，是個哲學家的料。我早就說過，我們的哲學家只在深夜工作。

但小雲到底出事了，她給「抓住了」。這三個字時常跟隨在美人身後，世俗生活因此險象環生又饒有情致。具體的細節我不清楚。事情也不複雜：一位電工沿著牆根檢查電路，他看到了小雲的醜態種種。照道理說小雲應當能夠聽到動靜的，可她在那種時候就是忘乎所以。手電筒一下子把她抓住了，一隻狐狸在喇叭形光柱裡頭立馬原形畢露。她的眼睛到了這個分上居然還閉著。男人這一點比女的強。男人做任何事都能閉一隻眼睜一隻眼，所以男人歷來都能選擇最佳時機撒腿狂奔。我在第二天一早專程到現場勘探過，那裡有幾棵大樹，樹冠比城牆的垛口還高，樹與樹之間堆放的全是舊城磚。我就不明白，這地方有什麼好，能做什麼？不過，後來我肯定了一點，這種地方絕對不只是月光和狐狸出沒的地方，有一塊磚頭上還有出事當天的晚報。那塊磚頭被（屁股？）磨得都發亮了，字跡都沒有了。舊城磚上可是有字的，這個我很清楚。由誰出資，哪個窯匠生產，提調官是什麼人，全燒在磚頭背脊上。這些字就是磨平了，勞動人民的歷史功績就是這樣給抹殺的。我聽到出事的動靜衝進了工棚，音樂老師驚魂未定，沒有一點鳳凰的樣子，沒有一點仿古氣息。我的心情走了樣，好在心智尚未大亂。我走到小雲面前，扶她，她不動。我說：「跟我回家，孩子等你熱牛奶呢。」我至今不能相信我能這樣大智大勇，大智大勇對我來說僅僅是一次脫口而出。我挽起小雲，從建築工人們的身邊款款而出。兩千瓦太陽燈的熾白光芒照耀在深夜，它使一輪滿月黯然失色。建築隊長揪過那位電工大聲罵道：「操你媽，說過多少次了，只管修牆，別管別的，操你媽，我說過一百次了！」

英雄救美必然導致風流韻事，大部分書上都這樣。英雄在一頁紙的正面救出了美人，到了這頁紙的背面總免不去一些苟且之事。小雲來到我的房間，她不做任何鋪墊，爽直地脫，赤條條地往床上爬。她望著天花板，說：「你救了我，來吧。」我回頭望望一牆壁的書，想起了柳下惠。才過了幾秒鐘我就亂掉了。到了這種時候我才明白「亂」這個字的厲害。我上了床，因為是自己的床，所以輕車熟路，那種感覺是從城牆上往下跳的感覺，是舊城磚全部風化，以沙的姿態在風中流淌的那種感覺。我堅信我和小雲做得很認真，很投入，稱得上行雲流水。她的嘴唇不停扯動，聲音就像紙張慢慢撕裂。她就那樣一頁一頁地撕。後來我對她說：「嫁給我吧，小雲，你知道的，嫁給我吧。」後來小雲一把推開了我，坐起來穿衣。「還幹什麼吧，你？」小雲無精打采地說，「你救了我你就了不起啦？」

拆遷通知來得很突然。我從拆遷的通告裡知道了這樣一個基本事實：我們樓房底部的基礎部分是用舊城磚砌成的。這是一個易於讓人忽視的事實。拆遷通知說，舊城牆需要舊城磚，舊城磚屬於國家，屬於歷史，理當回歸國家，還給歷史。

拆除樓房當然也是在夜間進行的。那一天沒有月亮，建築工程隊在樓房的四個角落支起了四只兩千瓦太陽燈，整個工地一片通明。明亮的程度甚至超越了白晝。明亮使灰塵越發抖亂。我站在城牆的頂部，親眼俯視了腳下的紛亂場景，塵埃被照耀得漫天紛飛，我從來沒有見過這樣華麗的頹敗景象。我想起了古人關於現存生活的高度概括：塵世。我站在舊城牆的頂部，明白了塵世的歷史是怎麼回事，俏皮一點說，就是拆東牆，補西牆。

興化市第二建築工程隊按期完成了城牆修復。看過新城牆的人都說，修得好，垛口齊齊整整，蜿蜿蜒蜒，凸凸凹凹，原先不就是這樣的嗎？有幾位贊助商在電視上對記者說，比過去的還要好，新修的部分乾乾淨淨，比下面的舊牆漂亮多了，顏色在那兒呢，真是涇渭分明。不怕不識貨，就怕貨比貨嘛。我住進了新樓，是一個兩居室的小套間。樣樣都好。我真正像一個大都市的現代人了。不好的只有一點，失眠之夜我的夢遊不簡捷了。我只好騎上自行車，花二十分鐘到原先的地方遊走。明眼人一眼就看出來了，我的散步另有所圖。我徘徊在小雲被「抓住了」的地方，懷念單騎闖營、虎口救美的英雄一幕。那些磚頭還在，撂在老地方，我成了舊城磚所做的夢，縈繞在它們四周。我夾著菸，坐在小雲曾經坐過的磚頭上。我突然想起來了，為了修城，我們的房子都拆了，現在城牆復好如初，磚頭們排列得合榫合縫、邏輯嚴密，甚至比明代還要完整，磚頭怎麼反而多出來了？這個發現嚇了我一大跳。從理論上說，歷史恢復了原樣怎麼也不該有盈餘的。歷史的遺留盈餘固然讓歷史的完整變得巍峨闊大，氣象森嚴，但細一想總免不了可疑與可怕，彷彿手臂砍斷過後又伸出了一隻手，眼睛瞎了之後另外睜開來一雙眼睛。我望著這些歷史遺留的磚頭，它們在月光下像一群狐狸，充滿了不確定性。

一九九五年第三期《青年作家》

賣胡琴的鄉下人

賣胡琴的鄉下人進城之前看過天象。天上有紅有白，完全是富態相。賣胡琴的鄉下人選擇了一個類似於秋高氣爽的日子抬腿上路。不過那不是秋季，是冬月。風已經長指甲了。賣胡琴的鄉下人一進城天就把他賣了，富態的臉說變就變。華燈初放就下起了雪，霓虹燈的商業繽紛把雪花弄得像婊子，濃妝豔抹又搔首弄姿。雪花失卻了漢風唐韻、顏筋柳骨，失卻了大灑脫與大自由。都不像雪了。

雪花被城市弄成這樣出乎賣琴人意料。鄉野的雪全不這樣的。肥碩的雪瓣從天上款款而至，安詳、從容。遊子歸來那樣，也可以說衣錦還鄉那樣。六角形的身軀幾乎是一種奇蹟，在任何時刻都見得永恆，以哪種姿態降生，以哪種姿態消解。哪像城裡頭這樣浮躁過。賣琴人抬起頭，想看一眼城裡的天，天讓高層樓群和霓虹燈趕跑了。城裡的天空都不知道在哪兒了。

第二天清早賣琴人出現在小巷。是那種偏僻的雪巷。他的吆喝就是一路演奏他的胡琴，前胸後背掛滿了傢伙。地上全是薄雪，踩下去是兩只黑色腳窩，分出左右。胡琴害怕下雨或下雪，蛇皮在雪天裡太緊，雨天又太鬆，聲音顯得小家氣，蛇皮的鬆緊是琴聲的命。琴的味道全在鬆與緊的分寸中，在極其有限的局限裡頭極盡瀟灑曠達之能事。鋼琴和胡琴比算什麼，機器。

胡琴聲在雪巷裡四處閒逛，如酒後面色微酡的遺少。走了四五條小巷賣琴人的小腿就疼了。賣琴人找了一塊乾淨石階，撣了雪坐下去。賣琴人很專心地揉絃，手指乾枯瘦長，適合於傳說中仙人指路的模樣。手的枯瘦裡總有一股仙氣，變成琴聲在雪地裡仙霧繚繞。傳說裡聖人的手就不這樣，入世之後就不免大魚大肉，所以聖人的手掌又肥又厚，又溫又柔，握了都說好。賣琴人的指頭功夫可是有來頭的，童子時代在草臺戲班練過茶壺功。師傅在茶壺裡灌滿滾燙的水，水平壺口，賣琴人捧著茶壺，十隻指頭蜻蜓點水一樣飛快地拍打，不能停一拍，不能溢出半滴，要不你的手就熟了。賣琴人的手指在胡琴的蠶絲絃上成了風的背脊，輕柔鮮活而又張力飽滿。那種內斂的力在你的聽覺上充滿彈性韌勁，極有咬嚼。賣琴人十八歲那年得了一個綽號，五指仙。綽號是任何藝人的闖世槳櫓，有了它才可以漂泊碼頭。五指仙靠他的五隻指頭風靡了三百里水路。人們說，五指仙的五隻指頭長了耳朵，長了眼睛，長了嘴，能聽能看，會說會道，在蠶絲絃上鬼精鬼靈，御風駕電。

賣琴人坐在石階上一氣拉了三個曲目，先是〈漢宮秋月〉，後是〈小寡婦〉，再後是〈冬天裡的一把火〉。他低著頭拚命地滑絃，模擬火苗的紅色躍動，布一樣扯來拽去。後來圍過來幾個人，他們追憶費翔當年的面龐，大紅色衣衫在電視屏幕上左顛右跳，一手持話筒，一手做燃燒狀，指頭全燒著，躥出華麗火苗。後來居然有人跟著唱了，有板有眼：「你就像那，一把火。熊熊火光，照亮了我。」賣琴人抬起頭，唬了一跳，以為又坐在草臺班上了。

店裡走出來一個人。他用巴掌把賣琴人叫起身，伸出食指往他的口袋裡摁下一張紙幣，再把手背往遠處揮了揮，低了頭回去。大夥就散了，賣琴人看見紙幣的四只角全翹在外頭，如一朵罌粟燦然開放，妖嬈而又淒絕。賣琴人用揉絃的指頭把紙幣摘下來，捏在手裡，走進店裡去。是一個小酒吧，空無一人。賣琴人把紙幣平鋪在醬色吧臺上，大聲說，買一碗酒。裡頭走出來一個疲倦的女人，剛剛完成房事的樣子。女人瞟了賣琴人一眼，無力地笑起來，半閉的眼由賣琴人移向毛玻璃酒瓶，懶懶地說，老頭，你幹一輩子也掙不來這瓶XO。老頭出門時自語說，肯定是玉帝老兒的尿。

化雪天冷得厲害。都說霜前冷，雪後寒。賣琴人的肚子餓得旋轉起來。賣琴人這輩子就栽在餓上頭。那一年冬天草班船凍在了鯉魚河上，離楚水城還有八九十里水路。他們的日子和河面上結實的冰光一樣絕望。花旦桃子說，飽吹，餓唱，五指仙，你陪我溜溜嗓子。五指仙原先準備上岸的，正找不到路，桃子站在青白色的冰面上，指著陽光下通體透亮的河面遠處說，這不就是路？他們踩著冰面一氣走了老大一會兒，桃子的前額與鼻尖滲出了汗芽。五指仙說，這麼冷，你怎麼出汗了？桃子說，熱死花臉，凍死花旦，凍慣了，焐著自然熱。桃子說話時兩隻手保持著舞臺動態，十隻白細的指尖蘭草一樣舒展葳蕤，在胸前嬌媚百態。五指仙從來沒這麼靠近這麼逼真地端詳桃子的手。看完了五指仙就餓得厲害。餓的感覺很怪，它伴隨著另一種欲望翩翩起舞。那種欲望上下躥動，一刻兒就大汗淋漓了。桃子眯著眼說，你怎麼也出汗了？五指仙說，我餓。桃子笑起來，用手背捂著嘴，只留下一隻小拇指，意義不明地翹在那兒，儀態萬方。桃子伸出另一隻手，說，給，給，給你啃。後來的事就沒了方寸。他們上了岸，在雪地上拚命。雪壓得咯咯響。大片大片的冰光燒成刺眼的青白色火焰。

開了春事情順理成章地敗露了。桃子倒在了戲臺上。桃子歪倒時嘴裡正念著一句韻腔。桃子喘著氣說，你，你，你，你，你你你你——呀——啊——這時的桃子就栽了下去。桃子倒在竹臺上四下一片噓聲。桃子平靜地睜開眼，和戲場裡的五指仙對視了。五指仙的腦子裡轟地一下，結實的冰無聲地消解了，他就掉進了水裡去。五指仙站起身，用一句戲文結束了自己五隻指頭的仙道生涯。五指仙說：「此生休矣。」

賣琴人走上大街。大街是以民族領袖的字號命名的，由南朝北。光禿禿的梧桐樹下是年終的熱烈氣味。這樣的氣味大異於鄉野，如變戲法的人手裡的鴿子或貓，說不出來處。擁擠的人行色匆匆，為節前貿易而興高采烈。廣告牌上有些殘雪，畫中的裸女在嚴寒之中面如春風，為商業宣傳盡忠盡孝。但賣琴人的胡琴貿易沒有進展。五指仙對器樂行情顯然缺乏基礎性認識。城市的概念是KARA OK，KTV，MTV；城市記憶對胡琴早就失卻了懷舊。他的馬尾弓也敷了太多的松香，聲音出得過於乾澀，聽出了顆粒，過於滄桑難以喚醒城裡人的疲憊聽覺。城裡人的聽覺鈣化了，需要平滑和濕潤去滋補。胡琴對城市的聽覺雪上加霜，城市拒絕胡琴交易合情合理合邏輯。

以民族領袖的字號命名的大街在烤羊肉攤到了終點。也就是說，羊肉的膻腥之中民族領袖的大街完成了與另一條商業大街的對接。這是一個十字路口。賣琴人目睹了奧迪牌轎車製造的車禍，即奧迪牌車禍。賣琴人看到黑色車拐彎後推倒了一位老年婦女，隨後輾了過去，司機出於同情把黑色轎車倒了回去，車輪把老年婦女的內臟和許多液體吐了出來。賣琴人注意到婦女的表情在地上很平靜，像新聞的敘事口吻。婦女不停地眨巴眼睛，側過頭看自己的內臟。隨後婦女認真地研究車輪和車輪上血紅色的「人」字齒印。賣琴人覺得婦女完全是一位旁觀者，當事人只是屍體。這樣的感覺靠不住。賣琴人呆站了一會兒掉頭就走。大街如故。城裡人對一切驚變失去了興趣，他們的激情在年終貿易，即買與賣。死亡因為失去了買與賣的可能，在大街的交叉處變得味同嚼蠟。這時候屍體旁的鮮血紅豔豔地蜿蜒開來，在冬天的水泥地上洶湧著熱氣，呈「之」字形吃力地爬行。血流上了積雪，雪白的積雪在血的入口處化開了一個黑色窟窿。賣琴人沒有看見這個色彩變化。他的背影忽視了這一細節。賣琴人的耳朵裡充滿了汽車喇叭聲，想像不出這樣的聲音是怎麼弄出來的。

賣琴人夾在人縫裡敏銳地捕捉到了另一把胡琴的聲音。聲音不沉著，但肯定是一把胡琴。賣琴人擠進店裡去，看見一張電子琴正在模擬胡琴的傷感調子。賣琴人站在櫃檯前聞到了黑白鍵盤上奇怪的氣味，十分唐突地問，這是什麼？營業員情緒特別好，說，雅瑪哈。賣琴人說，怎麼是胡琴的聲音？營業員說，只要有電，它學什麼是什麼。賣琴人抬起一條腿，端起胡琴拉了一段琶音，說，這才是胡琴。營業員說，你幹什麼？買琴？賣琴人說，我是賣琴的。營業員笑起來，說，這裡只有一個賣琴人，是我，您走好。賣琴人走出商店後他的故事成了笑柄，他的背影顯得滑稽可笑。賣琴人總是忽視背影，這不僅僅是他的錯。賣琴人離開商店時惡狠狠地說，他娘的，花活。

當年「花活」這句話差點斷送了如日中天的五指仙，用這話評點五指仙的是一位算命瞎子。他坐在樹下等待生意上門時一律拉他的胡琴。算命瞎子是個戲迷，完全不理會「瞎子看戲湊熱鬧」這句著名諺語，堅持有戲必看。五指仙和他的會面既像一次邂逅，又像一次命中注定。他們的相遇是在一個清晨，那時候輕風拂面，遠處雞鳴。五指仙坐在河岸邊練功，聽見後頭有人說，你就是五指仙？五指仙架好弓回頭看見一個瞎子。五指仙說你別過來，這裡路滑。瞎子說，我看得見。瞎子說，你的絃上功夫名不虛傳，弓上頭卻遠不到家。瞎子要過胡琴一口氣拉了七個把位的琶音。他的運弓充滿氣韻，如初生赤子的啼哭，力道來自母體而非五穀雜糧。瞎子說，笛子的眼位全定在那兒，氣息的輕重尚且能使聲音變化萬千，胡琴靠著兩根絃，手指的把位不定，越發需要氣息去整理，要不全飄了。那只弓就是氣息，氣順、氣旺、氣沉，才不致心浮。你玩的是花活，弓不聽你的話，又怎麼肯為你呼風喚雨？聽不見風雨看不見日月，宇宙大千離你就遠了，就剩下一堆聲音，狗屎一樣屙在耳朵裡。

五指仙放下胡琴雙手合十，顛來倒去比較兩隻手。五指仙一直以為兩隻手是完全一樣的，現在才看見走了眼了，兩碼子事，是兩樣完全相反的東西，僅僅是生得對稱，相似。這個錯覺極其致命。它隱藏在最顯要的地方，在你大悟的瞬間齜牙咧嘴。五指仙舉起左手對桃子說，我不拉了，你看，是五根狗屎。桃子把五指仙的左手捂在掌心裡，說，沒一點花活，你不真成仙了，皇天、后土、雷公、電母還往哪裡藏？俗，你才能活，要不然雷公不劈你？

天冷得厲害。高樓風在街道中央逆時針旋轉，許多女人的頭髮散亂開來，遮住了眼，呈現媚態萬種。賣琴人失去了吆喝的興趣，抄著手跟在城裡的腳步後頭。賣琴人最終給飢餓說服了，走到了餛飩攤前。賣餛飩的也是一個老頭，臉上均和，不見風霜。賣琴人說，老哥，肚子裡沒油水了，想聽什麼你點什麼。賣餛飩的小心地看過左右，悄聲說，《思凡》折裡〈風吹荷葉煞〉，如何？賣琴人說，那是京胡曲，我拉的是胡琴。賣餛飩的說，那就〈聽松〉。賣琴人知道遇上了裡手，如實說，我的弓上力道差，加上餓，拉不動，我來一段〈瀟灑走一回〉，也是剛學。賣琴人坐在小凳子上擺開陣勢，只拉了兩句，手就讓賣餛飩的捂緊了。賣餛飩的彎著腰說，先生是誰？先生到底是誰？遇上知音賣琴人羞得滿臉難看，他低著眼望著賣餛飩人手指尖上的條形繭，說，羞於啟齒。賣琴人說，先生是誰？賣餛飩的怔在那裡，最後說，羞於啟齒。這時候大街一片熙攘，一小夥子騎著單車在自行車道上飛馳，後座架上夾了一桶黃色油漆，一路漏下鮮豔明亮的檸檬黃，灰色大街立即拉出了一道活潑動感的光。許多人駐足觀望，小夥子威風八面，呼嘯而去。在這個精采過程中兩位生意老人匆匆告別，頭也不敢回。

知音相遇做為一種尷尬成了歷史的必然格局。賣琴人站在這個歷史垛口，看見了風起雲湧。歷史全是石頭，歷史最常見的表情是石頭與石頭之間的互補性裂痕。它們被胡琴的聲音弄得彼此支離，又彼此綿延，以頑固的冰涼與沉默對待每一位來訪者。許多後來者習慣於在廢墟中找到兩塊斷石，耐心地對接好，手一鬆石頭又被那條縫隙推開了。歷史可不在乎後人遺憾什麼。它要斷就斷。

又下雪了。賣琴人站在水泥屋簷下收緊了褲帶和脖子。他的對面是一個斜坡，拉得很長。斜坡與斜坡之間是兩個馬路圓盤，數不盡的車在這兩個圓盤上呆頭呆腦呈逆時針運轉。人類的運行必須採納這個流向，和時間背道而馳。這樣的姿態使每一個運動著的物質處於常恆。賣琴人站在這兩個逆時針運轉的斜坡之間，遺忘了生計與胡琴貿易，對雪花中匆匆而下的車流視而不見。許多車輪在轉。城市就是這樣一種東西：任意找一個觀察點，城市都會把本質和盤托出，在車輪滾滾之中盡現世間萬方。這和當初的戲臺結論大有不同，老闆的一句名言千古傳誦，老闆說，流水的看客鐵打的戲。

這時候斜坡上滑倒了一輛自行車。斜坡上的倒車具有啟發性，大雪中一輛又一輛自行車順應一種因果關係翻倒在地。人類的翻倒完全可以佐證多米諾骨牌理論，轉眼間整個斜坡堆滿了車輪與大腿，宛如一場戰爭的結局。大街擠滿了汽車喇叭、自行車鈴鐺和人們的叫罵，賣琴人聽而不聞。他轉過身，用背影告別了這個亂哄哄的狀態，最終消失在雪中。

賣琴人混了兩碗牛肉拉麵後躺進了圓柱形水泥管道。胡琴的琴絃被風吹出了哨聲，像母親哄嬰兒撒尿。風用了跳弓。圓柱形水泥管道比人還高，這樣光滑規整的空間給人以無限新奇。賣琴人從管道裡撿起兩塊手帕和一副手套，黏滿精液與血汙，被凍得又皺又硬。賣琴人把它們扔了，手套被風吹起來，一動一動，像摳摸什麼。這時候遠處傳來卡拉OK，一股烤羊肉的味道。

一九九四年第四期《花城》

九層電梯

我三十五歲生日那天女兒一清早就出去了，書包裡又塞了只空包。女兒說過爸爸再見，走到妻的身邊和她母親咬耳朵。她們倆像親姊妹那樣交換了神祕笑容，還伸出小拇指勾了兩下，女兒上了電梯我問妻，孩兒說什麼了？妻說，要送你生日禮物呢。我點了菸說，現在的孩子這麼小就知道這些。我說，送我什麼？妻笑起來，孩兒不讓說。我也就笑笑，說，我早晚要被你們母女倆賣掉。

中午女兒回家時胸前叉了兩道書包帶，威風得像紅色娘子軍。妻給女兒接下包，我就給女兒推進了我們的臥室。女兒說，爸爸閉眼，我就閉眼。女兒說爸爸不許偷看，我就說爸爸不偷看。我睜開眼時女兒正緊張地拽著一隻褟花被角。說過爸爸生日快樂，女兒掀開了被子，兩隻可憐巴巴的幼貓衝著我柔聲細氣地叫開了。我怎麼也料不到女兒會弄這麼兩個東西放到我的床上。我平時在床上吸菸妻也要抱怨的。妻對床上用品有一種潔癖，讓她看見了少不了一頓臉色。我說小乖乖，快拿下來。女兒卻固執地問，喜歡嗎爸爸，你喜歡嗎？女兒的問話有了三年級學生造句的語法性。我說喜歡，爸爸很喜歡。我抱起女兒拍拍她的屁股蛋說謝謝你小乖乖。我向來不許女兒說違心話的，我這樣說話時覺得自己生活在別處。我不能在這樣的時候潑女兒的涼水。我轉彎抹角地把貓抱到地板上，兩隻貓打了蝴蝶結，東張西望像小偷出身的紳士。妻倚在門框旁苦笑，隨後無可奈何地搖頭。我拉過她們姊妹倆的手，高聲宣布開飯，今天吃燒龍蝦鯽魚絲瓜湯。

兩個紳士攪亂了我的生日午宴。女兒幾乎不吃飯了。她忙於用最好的飯菜招待她的客人。問題是，這兩個紳士似乎並沒有多少紳士風度，牠們竟跳上餐桌把頭埋進了湯缽，鼻子裡發出滿足快活的呼嚕聲。妻有些忍不住了，她阻止貓的辦法是把目光轉向女兒。妻說，畢小藍！妻只有在嚴重關注的時刻才這麼周全地喊女兒的名字。孩兒沒動。妻放下筷子，說，畢小藍，你的貓！孩兒抬著頭說，不要緊，湯不燙了，燙不著牠們的。

在常見的這種爭執裡，我大多處於中立。

女兒說，爸，我已經給牠們取好名字了，黃的叫耶蘿，黑的就叫布萊克。我知道女兒的所謂起名不過是「黃色」和「黑色」的英文發音。我說，怎麼不起個漂亮好聽的中國名字？女兒說，不好。

耶蘿和布萊克開始了牠們的九樓生活。起初牠們還能在每個房間裡閒庭信步，不久就不能這樣沒管教了。牠們把我們的枕頭、大衣、沙發套上弄滿了斑斑尿跡，甚至一臺錄音機也讓牠們的尿給短路了。我的家裡給弄得飄滿尿臊。我們只能把牠們關在衛生間。其實貓是最乾淨的動物種類，像我的妻子一樣熱中爽潔。兒時鄉下家裡的貓每回大解都要用前爪刨一個土坑，再用泥土蓋得嚴實。問題是九樓哪裡有土？現代文明把我們和泥土隔得很開了。我們生活在一個充滿電插頭、四處都是玻璃的明亮環境，泥土早就被當做汙垢了。當然，貓吃得不差，除了滋補品外，牠們和女兒享受同等待遇。

有一點我一直弄不清——女兒終於發現，耶蘿和布萊克越長越瘦，膽子也越來越小。女兒好幾次給牠們沖了公爵牌牛奶，電視裡都說，買奶粉，我喜歡公爵牌。看那女孩的長相，就知道這牌子不壞。牠們就是不愛吃，聞幾下就掉過頭去。牠們連公爵牌牛奶都不愛吃了。

耶蘿和布萊克一天一天長大，又瘦又長，像好萊塢的女明星，舉手投足都展示出優秀的骨感。我從來沒見過牠們為某樣食物凶猛地爭鬥過。那種鬍鬚賁張、鬃毛四起的出擊模樣，成了牠們的祖先留給我們的遙遠過去。牠們甚至不怎麼追逐、跳躍，做幾個類似於體操的動作。牠們就趴在那兒，遊戲都免了。外婆說，貓其實了不得呢，是虎的大師傅呢。老虎的撲、抓、撕、咬全是貓手把手教會的。老虎由於心浮氣躁，貓才不肯教牠們跳躍和上樹的，要不獸王就不會是獅子了。貓只是小了點，哪裡也不比老虎差。三十年前外婆家有過一隻虎皮貓，碩壯而又凶猛，外婆從不餵牠，牠每天下午都要懶懶地臥在天井的圍牆頭上，舔唇邊的老鼠血跡。到了晚上牠才弓起身，吊一吊嗓子，找牠的相好去花前月下。那隻虎皮貓在外婆家有特殊的身分，五大三粗的黑狗也從不惹牠的。那隻黑狗和虎皮貓在外婆的天井大院各自為政，獨尊一方。虎皮貓粗碩的身軀款款落步時的漫不經心，你只要一眼就能看出大自然賦予牠們的自信氣質。我小時候不怕那隻狗，獨懼那隻貓。我可以把指頭伸到狗的嘴裡去。那隻狗除了不愛笑，處處像個哥哥，但虎皮貓不一樣，牠夜間冰涼的綠眼和鋒利的硬爪讓你不便貿然造次。狗到後來多少通點人性，一通人性離狗的本質就遠了。貓似乎鎮定得多，牠與人類的距離永遠恰如其分。

女兒說，爸，牠們怕是病了吧？我說不會的，牠們又不上學，哪有你那樣嬌氣。女兒說，讓牠們到陽臺晒晒太陽吧。我推開書稿說當然可以。這本該死的書已經拴住我近兩年了。我和女兒一人抱了一隻走到陽臺，一走近欄杆，手裡的布萊克就看見了遙遠的地面，牠就慌亂起來，幾乎亂了方寸。牠驚恐的模樣讓人看了心酸。我的巴掌感覺到了牠的心跳，幾乎像炒蠶豆。女兒說，爸，耶蘿不敢看天，也不敢看地，你看牠怕的，爪子全硬了。我說算了，孩子，算了吧。

夜裡妻就抱怨，說貓把這個家全折騰亂了，說你們父女倆全瘋了。妻嘆氣說，藍藍這孩子怎麼搞的，怎麼就吃不胖，頭髮那麼黃牙也那麼稀，怕是缺鈣缺得厲害了。我說是啊，可她營養也不差。妻說，要不我明天買點西洋參來。我說你瞎說什麼，才多大的孩子，怎麼能這麼補。妻說，我愁死了。妻搖搖頭把頭枕到我大臂上，妻望著天花板說，能長你這麼結實就好了。妻是分到我們研究院和我相愛的，追她的人不少，有一個還專程上黃山自殺去了。一個星期後他回來說，祖國河山美如畫，想開了，不值。我真替他高興。妻來追我時我老大的沒自信，我人不壞，但長得壞。一些同情妻的人告誡說，好端端的插到牛糞上去了。我帶妻到鄉下時指著一大灘牛糞給妻看過，說，這就是牛糞，所裡的人說你就插在這上頭。妻說，不挺好的，比狗屎好多了。戀愛時妻常問我，你吃什麼長大的，怎麼這麼棒這麼有力氣。我說我啃窩頭啃到進大學。你胡扯，妻說，窩頭還不餵出非洲難民來？我齜開牙讓妻看我牙上的一道黃垢，看見沒有，我說，這裡還有標記，啃窩頭長大的都有這個。妻用指甲敲了敲我的門牙，幸福地說，你一點不像他們。其實我並沒有從妻的話裡聽出什麼來，是妻自己添足地解釋說，她談過一個的，都「那個」了。這話把我從幸福的巔峰撂下了山谷，差點粉身碎骨。一個月後我才從鄉下回來找她。見到妻我自己也沒料到會哭起來，我說，我愛你。我們鄉下長大的人一般是不會這樣表達感情的，我就用鄉下的家鄉方言這麼說，我愛你。這麼一說我的眼淚全下來了。幸福得站不穩，路也不會走。

我說，要不過些日子把藍藍送到鄉下去。妻仰起頭，你瘋了？送到那兒去，不病死才怪呢。我說你捨不得她吃苦頭，身子骨怎麼硬得起來。妻說，不行。我給她吃鈣片，吃中華鱉精珍珠燕窩，我帶她到公園騎自行車、爬假山。

女兒送給我的貓早成了她自己的禮物。我唯一可做的是再給牠們當爸爸。買菜時我多了一份工作，買幾條小魚或別的帶腥的什麼。貓是愛腥的，人們甚至用這一點來形容一些人的特別嗜好，比如說好色之徒辯解時就說貓哪有不吃腥的。諸如此類。貓真的不吃腥了，至少對耶蘿布萊克是這樣。牠們對著食物，不動，不吃，只會叫。那種聲音和牠們成長起來的身體極不相稱，弄得你又煩又覺得可憐。女兒說，明天是星期天，帶牠們去玩吧。這個提議實在太好。

一路上一家五口情緒很好。但不久耶蘿就吐，後來布萊克又吐。女兒和妻緊張起來，怎麼了，牠們怎麼了。我說，下車吧，牠們暈車。

這個大煞風景的細節令人不快。然而事情總有許多不同的層面。下車後的耶蘿和布萊克居然表現得歡欣鼓舞。妻和女兒給貓套上繩子，牠們又像模像樣地粗豪狂野起來，牠們亮開嗓子，在樹林裡撒腿狂奔。多麼令人欣喜，心情舒暢。

事情急轉直下。貓的叫聲驚動了一隻巨大田鼠。老鼠的灰色身影拚命地在草叢裡驚慌飛竄。老鼠的逃命模樣要了兩隻貓的命，牠們神經質地趴在地上，眼裡發出了嚇人的死光。我見過這樣的英文報導，但親眼所見讓我說不出地悲傷。我不能責備老鼠什麼，人家要逃命，這是人家的權利。我當然更不能抱怨我的貓，誰不害怕恐懼？問題是，你為什麼要怕逃命的老鼠。這世界真的變了，理不出頭緒了。

女兒一下洩了氣。女兒說，回家，不玩了。怎麼勸也不行。回家。不玩了。你把這兩個髒東西扔了，妻突然說。我說，怎麼發這麼大脾氣。一進家門妻就開始了第二次進攻，你扔不扔？我點根菸，隨手抽出一本書。妻搶過書闔在手上——你聽見沒有？我聽見了。你扔不扔？不扔。你要老婆還是要貓？都要。是家重要是貓重要？都重要。妻把書摔到我懷裡倒上床就蒙住了頭。你說這怨誰？好像貓喜歡怕老鼠似的。

整個晚上我追憶那隻虎皮貓。牠午睡時四條腿伸得筆直，一種毫無防範的大氣隱藏在牠的睡姿裡。牠睡得安詳而又疲憊，那隻黑狗從牠的身邊走過時盡量輕手輕腳，顯示了一種本能的知書達理，既是一種自律，也是對貓的禮遇與尊重。

貓睜開眼，睃了一轉，狗很知趣地舔牠的嘴唇去了。大自然最初的本意是一種自自然然、一種與生俱來的生命契約，一種對異己生命的信賴和自身均衡的自信。

那天晚上外婆發了一陣大脾氣。虎皮貓被後院的三狗蛋捉住了，硬給牠塞了一條生魚乾。虎皮貓回到家孕婦一樣乾嘔不止。外婆站在天井高聲叫罵，罵得生動活潑淋漓痛快。狗蛋娘終於接話了，在後院抽打三狗蛋的屁股。她有節奏地說，我看你狗咬呂洞賓，我看你狗咬呂洞賓。外婆站在方杌子上推開了北窗，外婆說，魚不在天上飛，鳥不在水裡游，你狗咬耗子驢下蛋，好事讓你家做絕嘍！

我記得那是五月的夜。天藍得均勻、柔和，卻又有點感傷。我對藍色的一貫偏愛與家鄉的夜空有關。外婆家的虎皮貓乾嘔完畢，又舔乾淨身子出去了。不久我就聽到了虎皮貓淒長的慘叫。我不放心，果然看見枇杷樹下兩隻貓在盡力撕咬，一隻大些的肯定就是虎皮貓，牠們扭成一團，痛苦地悲號，牠一定在訴說乾魚片的不幸遭遇。牠每叫一聲眼裡的兩道綠色就像通上了電，照亮了枇杷樹下的恐怖空間。我喊過外婆，我說，打架了，牠們又打架了！外婆一反吵架時的凶悍常態，笑咪咪地說，讓牠們打，小乖乖，讓牠們打。

妻還在生氣。夜已經很靜了。她每回生氣總要四至五個小時，勸是勸不開的。時間到了，自己就會說餓，給她弄點吃的，一切又都好了。我走進女兒的小臥室，女兒早就歪在床上睡著了。她的床頭全是書，比我還要多。沒完沒了的習題一直在屁股後面追趕我的女兒。女兒是個好孩子，開家長會老師全這麼說。女兒不聰明，妻懷她時生過不少病，又打針，又吃藥。我多次暗示妻去做掉，但一看到滿臉胎斑的臉上回過來一雙綠光，我就忍住了，想起了虎皮貓的硬爪。女兒刻苦、自覺、用功，全靠笨鳥先飛保持了各門功課全班第一。我並不要求她這樣的，看她為第一而終日勞累，我又心酸又無奈。去年期末考了一回第三，女兒的小臉拉得像小絲瓜條，女兒的虛榮讓我無能為力。她完全不該有這麼多痛苦和欲望。我勸她，算了，第三不挺好的。女兒淚汪汪地說，同學要瞧不起我了。我說，怎麼會呢，爸爸就沒有瞧不起你。女兒說，下次開家長會爸爸媽媽不能坐第一排了。女兒說完這話就去做作業，她幼嫩的臉上過於刻苦的模樣讓我一陣又一陣心疼，我積蓄了諸多酸痛，難以言傳的哀涼在胸中迴盪。我不能打擊她，更不敢勉勵她。任何勉勵都會成為女兒的枷鎖。孩子僅有的童年是在她母親的胎腹裡，一出母體，童年就結束了。

我靜坐在女兒身旁，女兒削瘦而又疲憊的下巴尖尖地翹在那兒。嘴巴張開來，牙齒的縫隙有半片牙那麼大。小鬧鐘被女兒放在手邊，鬧鈴的指針指著早晨六點五十。鬧鈴發條這時候一定像女兒一樣疲憊，吃力地繃緊了身子，時刻盼望在早晨六點五十伸個懶腰。時間和女兒是對立的。你輕鬆他就不輕鬆。我們每天清晨的睡夢總是由孩子的鬧鐘打斷的。六點五十分，鄉下的孩子們多麼幸福的時刻，蜷在厚大暖和的被窩裡，像一隻小蟲子，打著小呼嚕，做著小夢，青葡萄的藤蔓一樣探頭探腦，再磨磨牙或嘟嚷嘟嚷小嘴巴，可六點五十我親愛的小孩子不得不閉著眼睛打哈欠了，眼裡又乾又澀，像進了肥皂沫。

我俯下身吻我的女兒。看女兒熟睡當父親的總是百感交集。我給女兒拽了拽枕頭，一只小塑料皮筆記本卻掉了下來。撿起打開，是女兒歪歪扭扭的日記。女兒記日記了，孩子的日記是對我們的一種批判。至少是不相信。女兒這麼小就學會了選擇孤獨和自我咀嚼。女兒你幹麼急於這樣。你為什麼要記該死的日記。

衛生間傳來了貓叫。起先還沉著，後來就肆虐了。這些零散的叫聲裡有極勉強的宏亮、極壓迫的外張、極無奈的泣訴。我關了燈，衛生間裡傳出了駭人的綠光。聲音越來越狂躁，一種偉大的原力在兩隻羸弱的小貓裡神聖地萌發了。它將創造出偉大的延續、偉大的永恆、偉大的進化與偉大的變異。妻這時被吵醒了，我說，聽見了，牠們在喊青春萬歲。妻擰著眉頭說，像抓了心，煩死了。我說，牠們要當爸爸要做媽媽了。妻說，省點心吧，兩隻母貓，乾號。

我實在沒注意原來是兩隻母貓。

女兒說，怎麼了，怎麼回事？是不是又病了？我說，去睡吧孩子，貓做了個噩夢。夢見什麼了？女兒問。夢見了老鼠，我說。

兩隻母貓絕望的叫春使人聽上去不忍。牠們的爪子批判衛生間馬賽克的聲音在你的聽覺上拉開一道長長的裂縫。牠們在渴望星空、樹蔭、綴滿露珠的大地、老鼠洞、爬滿青苔的破簷、洋溢爛穀子陳芝麻的倉庫以及沾滿血腥的牆壁。可我的九樓哪有這些給你們？我的貓。我的孩子們。

我的家快被這種無助的叫聲弄瘋了。

我終於對女兒說，把牠們放了吧，明年爸爸還有生日，你送爸一塊大蛋糕。

女兒說，不行的爸爸，牠們會餓死，被汽車軋死，要不就是讓老鼠吃掉。我想了想，也不是辦法。

女兒和妻的臉色顯然難看了。她們和貓一起承受了一個又一個難忍的夜間。女兒的眼周圍一圈黑暈。女兒說，爸，又要考試了，我天天頭暈，又要考不好了。我說，考不好算了，放了假爸給你補，爸比老師的學問還要大。女兒失神了，女兒說，考完了再補有什麼用？都考過了，再學有什麼意思。女兒用她母親結婚分房時的失落眼神望著窗外，自語說，這一回不一樣了，名次下降了要罰款，還要用黑色寫上名字，和上升的紅色名字掛在一起。

我把女兒抱到腿上。我的女兒從什麼時候起學會了虛榮。我的寶貝孩子瘦得只有貓那麼重。我的寶貝乖乖整天叫她累，她一到家放下書包說累死了。我至今不太明白累的概念，我的童年和狗、兔、鳥、蚱蜢一樣精力充沛。我就生活在牠們中間。我對季節的嬗替不是以日曆和天氣預報做參照的。我對時間位移唯一的判定參數是氣味，扒根草、野茼蒿、稻光麥浪棉花朵的氣味。土地每天有每天的表情，每天有每天的生動氣息，每天有每天舒筋活血、血運旺盛的吱吱聲。我兒時的一切都是長了眼耳鼻舌的，你的心跳它們全聽得見。土地和植物動物們是你生命的一個部分，夢的邊沿，在你的童話中變成鷓鴣、蛙聲、白鬍子爺爺、赤腳狐狸、一塊糖、一雙新鞋、一塊橡皮、一只石榴或青棗。我們的奢侈品是鳥窩、樹根下的螳螂和螞蟻穴、蘆笛以及冰面上的喧譁。童年沒有厭倦，沒有累。

這一回耶蘿真的病了，濕溽溽的紅鼻頭黏滿乳狀鼻涕。妻用衛生紙給牠擦了又擦，引來的是一串噴嚏。女兒買來了舟山魚乾和靖江肉脯，牠不吃。你摸摸牠，給你的手感是打衣板。

這個下午非常忙碌。女兒補課也要很晚才能回家。下班時下起了雨霧，我和妻下班時大街上的霓虹燈光全是濕的，加重了浮躁與焦慮。上了電梯妻就說，累死了，我累死了。一進家門就是衛生間裡貓的哀叫。打開衛生間，耶蘿已經硬了，側在白色馬賽克上面，一隻眼盯著半空，視而不見。瞳孔散開了，和死亡一樣大。布萊克努力往牆上爬，發出一陣又一陣叫聲。

我叫過妻，說，耶蘿死了。

妻好半天沒開腔。後來她說，我們快埋了吧，女兒快回來了。我說，等她回來。

女兒一回來我就拉她走進了衛生間。我準備好了許多寬慰她的話。女兒看見了耶蘿的屍體，臉上的平靜與她的年紀極不相稱。女兒說，我就知道牠活不長。我沒敢問下去。女兒有女兒的感覺依據，關鍵是，她是對的。我承認兩隻貓把我弄得神經過敏了。

當天夜裡發生的事跨出了我的想像，使我陷入惶恐與悲哀。我把布萊克從衛生間放出來，把那裡沖洗一遍，再灑上八四消毒液。布萊克盤在沙發的一隅，滿臉是追憶和茫然。修長的鬍子使牠一進入青春期就衰敗了。這時候樓下突然傳來貓叫，是都市裡不常見的野貓的呼喚。野貓的蓬勃氣息頓時感染了布萊克，布萊克立起身，瞪圓了眼睛，尾巴昂然翹起陡增了老虎師傅的威嚴氣概。布萊克對樓下說：「我在這兒！」眼裡燃燒起深綠色火光。我們被布萊克的軒昂模樣驚呆了。布萊克弓著脊背義無反顧衝上了陽臺，牠的身軀捨棄了現代建築，所有的現代建築在布萊克騰空之後瘋狂地向上生長。我們一家同時聽見了瓮瓮實實的「叭」，是生命告別生命屬於泥土的聲音。

趕到樓下時布萊克張了嘴巴，血汪了開來。我弄不懂怎麼會有那麼多血，比貓的身體還要重。遠處的圍牆上一雙綠眼正對著我們虎視眈眈。

女兒在那個晚上不愛說話了。到了晚上她的瞳孔就會飛出所有網狀結構。貓讓她傷透心了。在許多偉大人物趴在寫字臺上進行歷史解剖和宇宙探索時，我的女兒望著並不透明的夜空憧憬她的理想狀態。

臨近暑假女兒終於興高采烈了。女兒回家時高興地宣布，同學送給她一樣極好極好的禮物。一只玻璃瓶子，裡頭有兩隻大螞蟻。兩隻螞蟻在瓶壁上吃力地爬行，彷彿現代人熱中的霹靂舞。女兒大聲說，是螞蟻！這是螞蟻！爸爸這是螞蟻！女兒幸福得不行了。

我的心一下就碎了。我望著女兒幸福的面容我的心碎得不可收拾。我抱起我的女兒一個勁地親。女兒被我嚇壞了，女兒不知她爸發生了什麼。我的淚水不可遏止，我說，爸爸對不起你。女兒的雙手捂住我的腮，緊張地問，爸爸你怎麼了，我做錯什麼了？

一九九四年第三期《鍾山》

畢飛宇作品集 6

大雨如注

作者	畢飛宇
責任編輯	蔡佩錦
創辦人	蔡文甫
發行人	蔡澤玉
出版發行	九歌出版社有限公司 臺北市105八德路3段12巷57弄40號 電話／02-25776564・傳真／02-25789205 郵政劃撥／0112295-1
九歌文學網	www.chiuko.com.tw
印刷	晨捷印製股份有限公司
法律顧問	龍躍天律師・蕭雄淋律師・董安丹律師
初版	2016年2月
初版 3 印	2017年10月
定價	**250元**

書號 0111406
ISBN 978-986-450-039-0
（缺頁、破損或裝訂錯誤，請寄回本公司更換）

國家圖書館出版品預行編目資料

大雨如注 / 畢飛宇. -- 初版.--
臺北市：九歌, 民105.2
224面 ；14.8×21公分. --（畢飛宇作品集；6）

ISBN 978-986-450-039-0（平裝）

857.63 104027637